【經典】
HUMANITY
【人文】

從殘童到富爸

劉銘——著

劉亮亮——繪

再版序一

話與畫

劉銘

從《殘童到富爸》一書二〇一一年出版，距今十二年了。還是會有許多人問我，他們想看這本書卻買不到，該如何擁有這本書？這就是本書會從絕版到再版的原因，完全是基於滿足讀者們的需要。

當初會寫《從殘童到富爸》一書的想法，是因為有不少的身心障礙者，一生坎坷，窮困潦倒，或是說生活過得不順遂很辛苦。如何擺脫「殘」不受其影響，而能夠邁向「富」，應該會是許多人追求的目標。而我所指的「富」，並非只是賺很多錢的富有，更重要的是身心靈的富有。

時至今日，許多人汲汲營營、日以繼夜地賺錢，就像現在流行的「財富自由」這句話。當然，賺錢並不俗氣，而且是需要勇氣，如此才能夠讓我們過得衣食不缺，經濟安穩的生活。然而又有多少人想過要追求身心靈的自由？

身心靈的自由，首重家庭的和諧與和睦，因為一切的根源都從家庭出發，包括幸福。如同有一句話說：「任何事業的成功，都抵不過家庭的破碎。」家庭穩固了，再從家庭擴及到家族。大家一定很難想像，我們兄弟妹都已成家立業，平日忙於工作，但即使再忙碌，每個星期或兩個星期，大家都會有一次的相聚，陪陪八十六歲高齡的老母。這就是為什麼，書中會有一篇〈忙著陪家人〉一文。

這本書，就是我從「殘」到「富」的現身說法。

既然是重新再版，總要讓人有「新」的感覺，彷彿一個人穿了一件新衣裳出門，讓自己有煥然一新、別人有眼睛為之一亮之感。

那麼要為這本書，換上什麼樣的新衣裳呢？

這本書，是我和女兒亮亮共同的傑作，我是作者，她是繪者，書裡面的插畫都是她畫的，洋溢著童真童趣，並富有想像力。當時亮亮只有六歲，還未上小學呢！如今亮亮已經是亭亭玉立二十歲的少女，目前就讀英國倫敦藝術大學（UAL）二年級。而自己從當時的壯年，已步入花甲之年。所幸自己喜歡提筆為文，結集成書，讓這些走過的歲月，一步一腳印的留下痕跡。

女兒從小就喜歡塗鴉，不知道遺傳到誰？因為亮媽也不怎麼畫畫。說到畫畫，那是我的弱項，最缺乏的能力。或許這源自於國小的時候，發生了一件事情，教國語的老師，說我的文筆很好，有國中的程度，然而教美術的老師，卻說我的畫畫，就像幼稚園小朋友畫的圖。從此以後我就「棄畫從文」，所以在小五時，就有文章被刊登於《國語日報》，至於畫畫，記得國中的時期，我就是以「交換」的方式來交作業，我幫同學寫作文，同學幫我畫畫。

或許是老天的憐憫，知道我不會畫畫，所以生了一個擅長畫畫的女兒，以彌補我不會畫畫的缺失。亮亮從國二時，主動提出希望能夠到國外讀書的想法。想想，一個才十四歲的小女孩，獨自遠赴人生地不熟的國外，語言又不通的環境，以及文化背景完全不同的地方，這需要何等的「勇敢堅強」，這點倒像是遺傳了我。嘻！因為我九歲就被送到了「台北市立廣慈博愛院」，在那裡住了十三年的歲月，學會了「獨立自主」。

有一年的父親節，女兒送我的父親節禮物，是一幅畫，加了裱框，當包裝紙拆下的那一刻，當場讓我落淚。對於女兒一直有一個遺憾，那就是無法像一般父親一樣，在孩子小的時候，將她舉高高的放在肩頭。而這幅畫的內容，是一個坐在輪椅上的我，在鏡子裡，看見自己將孩子放在肩頭上，旁邊還有一座金鐘獎的獎座。原來女兒一直都有將我的話放在心裡，藉著這幅畫，來彌補我心中的遺憾。這是一個最特別的禮物。

有一年的暑假，亮亮說要嘗試著揹我，看看揹不揹得動。於是亮媽在一旁指導，並且隨時在側，萬一有什麼閃失時，她可以伸手救援。看著亮亮扶起我的雙腳，且將我的雙手緊緊地環扣在她脖子之前。當她緩緩地從輪椅將我揹起，並移位到床鋪，將我放下的那一刻，有一種莫名的感動竄遍全身。女兒長大了，頭好壯壯，儘管我無法將她舉得高高的，她卻可以將我揹得高高的。

於是，決定用這幅畫作為封面，當成這本書改版後的新衣裳。或許多年後，當女兒成為大畫家時，這幅畫會讓這本書「水漲船高」。而成為大畫家不可或缺的元素之一，應該也就是身心靈的自由吧！

只有付出，才會富有，
只有付出，才會傑出。

老爸寫書 我畫畫

劉亮亮

從小我就喜歡塗鴉亂畫，用原子筆的線條勾勒出人物的雛形，抑或是用蠟筆塗上鮮豔的色彩，不論是人物、動物、風景都可以作為我用來描繪抒發心情的作品，這些現在看來孩子氣的塗鴉，卻意外成為了我人生中第一個出版的作品，那就是《從殘童到富爸》的插圖和封面。

小時候的我，絲毫沒意識到自己的畫作成為封面，其實不是件容易的事情，現在想想，那時候的作品，最能代表童年純真的模樣，沒有什麼技法或太過深入的思考，只是單純為了開心而畫畫，畫畫對我來說更像是一種「本能」，越長越大，經歷了學校和畫室，從紙上畫到電腦繪圖，學了更多相關的技巧和觀念，能夠產出更加精緻或商業化的作品。但有時候創作成了心裡沉重的一份壓力，心中的我，總是批判自己的作品不夠好，而想念那時的無憂無慮與天真，如果創作能更加簡單就好了。所以，謝謝那時候的我，畫了這本書的封面，讓十多年後的我，又一次見到了純粹為了繪畫而快樂的小女孩。

從小就讀爸爸的文章，長大的我，對於爸爸寫的書有著獨特的感情，因為我正是那篇篇文章中的主角，看著每字每句描述我成長發生的大小事、我們父女間相處的點滴，像是在看一本自己的童年相簿，也是在看一齣溫暖的家庭喜劇，文章中每一字滿溢著溫暖跟愛，每一句都溢出點滴的回憶，若是從讀者的視角來看，一定會深覺我是在幸福中長大的小孩。

每個人在小朋友的過程中，都一定會收到一個類似的回家作業，那就是畫關於「我的家庭」，我從小的畫作常常是從自己身邊的人事物出發，畫了很多在輪椅上的老爸、微笑的媽媽、還有在一旁動作浮誇的小女孩。無意中我們父女建立了一層有趣的連結，我們用著不同的工具紀錄彼此的故事，我是在老爸的字裡行間穿梭自如的快樂小孩，老爸是我畫筆下個性鮮明的角色，我們在創作的過程中交流感情，記錄時間的流逝，驀然回首，已累積成了一本厚重的回憶錄，每一頁翻開，有文字、也有圖像，更多的是驚喜。

《從殘童到富爸》脫胎換骨的再版，也象徵了我的成長，用不一樣的風格與畫作，去重新詮釋我看父親的視角，希望給讀者帶來全新的體驗，讓打開這本書的新讀者，或是舊讀者，都感受到這本書的溫暖與感動。

推薦序

他的苦難襯托了我的幸福

依揚想亮人文事業創意總監　劉鋆

今（二〇一一）年寒假，就讀小學四年級的姪女有一份作業，就是要寫一位偉人。結果她的這項作業得到了優等獎，跟其他得獎同學的作品一起展示在學校川堂。姪女所寫的偉人，正是她的大伯，也就是本書作者劉銘。家人笑說，大伯的一邊是愛迪生，另一邊是孫中山，這川堂裡掛著的偉人，只有他一個是活人。

很小的時候家住埔里，大哥劉銘在台北，所以我們只有寒暑假才能見面。每一年我們兄妹最期待的，並不是發壓歲錢的那天，而是大哥回來的日子。大哥會說笑話，會寫文章（所以幫三哥寫了很多寒暑假作業）對我們來說是個很「厲害」的人物。

他雖然不能跟我們一起到外面玩，但是他總會出主意讓我們去做一些他想做的事情，例如把田裡的蝌蚪抓回來家裡養，看著蝌蚪變青蛙……

例如，他會指使我們偷拿爺爺的煙斗，然後大家輪流抽了之後通通暈倒在地上……還有，他曾經要我們把爺爺最愛的香瓜冰到冷凍庫，說是冰涼的更好吃，結果香瓜全部被凍壞，而挨罵的只是我們這些動手的弟妹，而不是出主意的大哥。還有一次，神父來家裡探望大哥，坐在大哥的床頭，結果當時不到十歲的大哥對神父說，聽說你把麵粉拿去賣了並沒有分給我們……於是我知道，我有一個最敢說出心裡話的哥哥。

從小，我就不覺得他有什麼「不方便」，因為他的腦袋可是比我們幾個方便太多了，加上我們其他三個弟妹如左右腳一般的貫徹執行，我想我們從小就是合作無間的團隊，所以我一直不覺得大哥有甚什麼異於常人之處。直到他得了一些我根本望塵莫及的獎項。

如果，你是見人有難就會輕口說出「我理解你的感受」的那種人，我想告訴你，感同身受永遠無法對等於切膚之痛。我常常在想，我們兄弟妹們本來應該遭受的苦難，可能全部都由大哥一肩承擔了。所以我們可以健康自由地在人生裡跑跳，而對於大哥坐在輪椅上的這件事對我們一家來說，也變成了像是太陽日日從東方升起一樣的正常。

但畢竟只有他本人才能面對這一切，我們做得再好，充其量也只是個打邊鼓的人，一切的苦難都得靠他自己去承擔，我們一點都分擔不了，他現在所擁有的一切，真的完全是「靠自己」。當然，我心中也曾經納悶：為什麼不管遭受什麼樣不公平的對待，他都不會發怒？為什麼總是要他去體諒所謂「正常人」的所思所為？難道這一切的樂觀與好脾氣都是裝出來的嗎？也許他真的天性如此，但從生命自己會找出口的這個角度來看，也許他不得不變得積極樂觀，不得不胸懷大風景，因為他要改變所謂的命定，也就是他自序中所說的殘童的命運。

我認識作者一輩子了，親眼看著他從殘童到富爸，也從乖乖的輪椅坐者，到一個最有行動力的作者。我以身為他的妹妹而感到榮幸。對我來說，他是不是偉人真的不重要，得過多少獎項也不重要，因為他的苦難襯托了我的幸福，讓我知道好手好腳行動自如想做什麼就做什麼的我，根本沒有理由對人生亂發脾氣，或者對周遭的人事怒目抱怨。

他的人生，經歷了世人以為的不美好，卻比一般人活得更美好。你以為他的身體有殘缺，他卻比很多人過著完整的人生。也許老天爺正是因為他的過人個性，所以特別要苦其心志。也許你看他只是青草地上無人見到的玻璃屑，但他卻異常努力地散發光亮，也許不如鑽石般璀璨，但卻是每個平凡人都能見到的動人彩光。

如果有時你會憂鬱，那就讀一下這本書，看看作者是如何的把人生血淚變成如同周星馳一般的爽朗笑聲。我猜想，讀完了這本書，你就會發現自己有多麼的幸福，就再也捨不得抱怨自己的人生了。如果，你因為書裡的小故事而有一點的感動或改變，那麼，就是這本書所散發出的小小亮光的意義所在了。

推薦序

山高不礙白雲飛

經典雜誌總編輯　王志宏

劉銘兄囑我一定要再為他的新書寫序，我著實猶豫著。但自己又是這本書的出版者，很難找到一個冠冕的理由來拒絕他。半年前興起再幫他出書的念頭時，在一場聚會間，他說起我曾幫上本書《人生好好》寫序的內容，他甚是喜歡。但實情是過去一年來與劉銘兄碰面的時間多了很多，也因此不再像是之前一年難得碰上一回的君子之交。寫熟的哥們，同時又要維持出版人的姿態，尺度拿捏是否能得宜？著實是一個問號。說起來實是汗顏，我對自己書寫的文字，並沒有自己拍的照片來得篤定，回想起當時為了替他找一道很好的標題，幾乎想破了頭。記得最後我是用弦月來形容他的彎彎身子，其實我們雖喜歡月圓，但不圓滿的弦月著實更令人著迷，某個角度有如笑著的一張嘴往往令人不自覺地莞爾。

說起莞爾，就容我用一個從劉銘講述的自身故事來起頭：說起一回到北京，當全車的人下去方便時，他又僅能無聊地看著車窗外的風景打發時間，一位老大嬸神祕兮兮地隔著窗向他推銷一些「光盤」（我們說的DVD），而且封面有著大大林心如的照片，大嬸暗示對他直說是「年輕人！好康啦！有看頭！」劉銘心裡泛起一股他鄉遇故知的感動，感謝大嬸沒有嫌他是一個殘疾人，這麼看得起他，又將他近半百的年紀說成是少年仔。第一時間，他馬上想到大嬸謀生之不易，與家中可能有一群嗷嗷待哺的家人，於是他毫不猶豫一口氣買了許多盤……。等他好不容易捱到了返國，找到一個時間把太太淑華支開，把女兒亮亮哄睡，終能好整以暇地打算熬夜看完，不料第一幕竟是中國考高校的補習班老師解題的影帶，他又狐疑猜想「精彩」的會不會是「插」在中間，於是靜觀其變，結果他就一盤盤地檢視，從數學到物理到化學，將補習班老師解題的內容倒是全都過目了一次，當然他沒機會能看到精采的，不過對著那個大嬸竟殘忍地欺騙殘疾人士這個舉動痛心疾首。我們安慰著他說十年後的亮亮考大學時，肯定劉銘兄會提供一些解題技巧的。

我滿喜歡他自我調侃的說笑方式，但這並不僅止於聽完後的莞爾而已，與劉銘熟稔後更有了新的發現（我們早已知曉他從不囿於先天身體的缺陷，總是不輕易順從與屈服於環境，這可從他傲人的經歷與囊獲的大小獎項來證明），那就是：他坦然地認清與接受到自身無力改進的缺點，但又能巧妙地利用這個缺點來當成他的優點，這才是他真正的王道。劉銘進出不便，但一年總要不計代價（超過了大部分的所謂名嘴們）地在全國各地巡迴演講與表演百餘場。他早就發現單槍匹馬的演講不符他心目中的經濟效益，他又進化成團隊的表演，號召身障的朋友一起投入，成立了「混障綜藝團」。由他所主持的凌華基金會結合各慈善團體，在有限的預算下，一群原本是社會弱勢、被認為是亟待照顧的殘障朋友，搖身一變成為舞台上的焦點巨星。從政府公部門到大、中、小學，更多次應邀進出男女受刑人監獄表演。最動人的生命教育的表演，硬是催人熱淚，激揚上進。

回到他的經濟效益觀點：先從小愛來說，這個「混障綜藝團」讓先後天有障礙的朋友可以從經濟上到精神上都能獲得滿足與重視；而大愛的宏觀面來說，不用教條、不需八股，僅是這群「混障綜藝團」團員專注專業的舞台表現，就直讓人無戒心地直逼生命的本質與意義。這也無怪乎他們能得到「法鼓山2010年關懷生命獎」！

對任何人來說，寫書與出書本就不是一件容易的事，但對劉銘來說，僅有的一隻稍能自如的右手，空暇時竟能一字字的爬梳，一篇篇的佳文就如此匯集，《從殘童到富爸》的八萬多字內容足夠讓我們自慚且內愧並且笑中帶淚地讀完它。

劉銘早活過了原本醫生預期的大限日子，而且有一個賢淑的妻子，還有一個美麗健康的女兒。這下又讓我傷腦筋如何來下個標，上回用弦月，這回又是山又是雲，甚至形容是比山還高，我想他比誰都值得這個稱呼。

我想他應該會喜歡，我想我也當有機會未來再幫他出新的一本書！

自序

從殘童到富爸

劉銘

每每外出演講，我常會問台下的聽講者一個問題，那就是如果你也像劉銘一樣，必須一輩子坐在輪椅上，在生活起居幾乎需要假人之手，你可能會活不下去的人請舉手，此時你就會看見許多的手，此起彼落地舉起。

這就是為什麼我想出這本書——也是我第五本書——的目的之一。另一個因素，可能是我的故事過於傳奇，「反差」太大了，因此，才可以這樣地一本書又一本書地寫下去。

什麼樣的反差呢？這種反差就像「從工友到校長」、「從強盜到傳道」、「從跑腿的小弟到飯店的總裁」，這就是為什麼我會將書名訂為《從殘童到富爸》。

三歲那年，罹患小兒痲痺症，成為一位重度殘障者，一輩子身陷於輪椅之中。現今台灣的殘障人口超過一百萬人，像我這樣的重度障礙者，能夠獨立自主，有不錯的收入，美滿的家庭，畢竟是殘障者中少數中的少數，甚至許多非障礙者都不及。

九歲那年，由於讀書與復健之故，父母親將我送入台北市立廣慈博愛院，凝望著父親消失離去的背影，讓我淚流不止，放聲大哭。

在廣慈一住就是十三年，試問，有多少人有我這樣從小就離鄉背井的經驗，從這些經歷中，讓我學習了獨立自主、察言觀色的生存之道的重要能力。

二十五歲那年，去醫院體檢。醫師見我四肢癱瘓，脊椎嚴重側彎，表示最後會因心肺衰竭而死，只能活到三十歲左右。如此晴天霹靂的「宣判」，讓我沮喪痛哭。以為我真的就要在人生舞台下台一鞠躬了。

最後，我決定將生命最後的五年，每一天都當成「最後一天」來過，並以「哪怕明天是世界末日，今天還是要種蘋果樹」的「樂觀心」來和死神拔河。

奇妙的是，當你願意每一天都當成「最後一天」來過的話，這一天會變得充實，這一天會變得亮麗，這一天會變得發熱發光。

去年，我年滿五十歲，我要比醫師的「宣判」多活了二十年，多賺了二十年。

生日當天，本想去那家醫院掛那位醫師的號「踢館」，後來作罷，我反而要感謝那位醫師的「誤判」，因此，讓我更加體會生命、珍惜生命。這叫做「因禍得福」啊！

三十一歲那年，在眾多人不看好的情形下，我成為警察廣播電台節目主持人，製作國內第一個由殘障人士來服務殘障人士的公共服務節目。

十八年的廣播生涯中，榮獲金鐘獎，社教有功人員獎，當選全國十大傑出青年等，實在是「獎」不完啊！

三十六歲那年，我結婚了。我和老婆愛情長跑八年，我稱之的「八年抗戰」終於勝利了。我娶得了一位四體健全、賢慧勤儉的妻子，這是許多人羨慕不已之事，然而卻發生在我這位身障者的身上。

本以為這一切的傳奇，都已經在《輪轉人生》一書中畫上句點。豈料，婚後第八年，在我認為我身體殘障，精子可能也殘障下，老婆竟然懷孕了，讓我擁有了「爸爸」的身分。如今，孩子八歲了，是一個活潑可愛的小女孩。

本以為卸下警廣主持人的頭銜後，我會光環盡失。豈料，六年多前，我成立了「混障綜藝團」（跨越障別的殘障表演團體），從默默無聞到漸入佳境，像去年的演講加演出就有一百零九場，並榮獲「法鼓山2010年關懷生命獎」唯一的團體首獎，獎金三十萬。從如此高額的獎金，便知這是一個莫大的「肯定」。

如今，我站在舞台上演講或主持活動的場次，每年超過百餘場，比未離開警廣時更多，這是令人始所未料之事，本以為可能會光環消褪，想不到讓我再創另一個高峰。

我在《從殘童到富爸》書中指的「富爸」，並不是像台灣首富之一郭台銘那樣的富爸。我認為的「富爸」，當然要有穩固的經濟收入，好讓我們一家三口衣食無缺，得以溫飽。更重要的，是指內心世界的富有。

證嚴上人曾說，世界上有兩件事情不能等，一是行善，一是行孝。我很慶幸自己在凌華教育基金會工作，基金會本是非營利組織，所從事的工作，就是在做濟弱扶傾的「行善」。

另外在「行孝」方面，我每星期會有一次回板橋探望爸媽，即使老爸因「老人失智症」已不認識我了，但那又何妨，只要我記得他就好。還有一次，則是去岳父母家陪陪兩位老人家。

每每有人問我，最近在忙什麼，我都會告訴他們「忙著陪家人」。有人不信地反問，我這麼忙碌，怎麼還有時間陪家人。我表示，這並不困難，只要將「陪家人」像工作一樣地列入行事曆之中，問題就解決了。

「殘童」通常的命運，就是從「中殘」到最後的「老殘」，如同強盜的命運，最後就是難逃牢獄之災。小時候，我從未想到過，自己有一天會立業、成家，乃至有自己的孩子，這根本是天方夜譚，只有在夢裡才有的理想國。

如今卻活生生地、真真實實地呈現在眼前，讓一個「殘童」成為一個內外在、身心靈都富有的「富爸」。如此的大反差、大躍進，當然要感恩這一路走來，許多貴人的扶持相助。

看完這本書，就像聽完我演講的人一樣，原本舉手認為可能活不下去的人，居然願意試著像我這般勇敢地活下去。

另外我有哪些貴人，以及我「彈跳」成功的方法，就請讀者細細的品味、咀嚼這本書了。

目錄

再版序一 話與畫 劉銘 002

再版序二 老爸寫書 我畫畫 劉亮亮 007

推薦序 他的苦難襯托了我的幸福 劉鋆 010

推薦序 山高不礙白雲飛 王志宏 014

自序 從殘童到富爸 劉銘 018

我有一顆樂觀心

人生好好 030

我有一顆樂觀心 035

行動是夢想的開始 040

我不再抱怨了 046

命好不如習慣好 048

發生就是恩賜 051

演講之路 060

來自監獄的一封信 065

親愛故事 068

CEO and OEC 070

有魔法的四十歲 072

我多活了二十年 076

生命中的貴人 078

吃不回童年滋味 084

早起 086

寫日記 089

我的輪椅走在北海道 092
寒冬隨想 101
他竟插我的隊 104
不要告別式才見 106

生命無障礙

我為我的雙腳祝禱 110
我的舒活時間 112
我的專屬牙醫師 117
我的四物丸 122
三十八公斤的體貼 126
感謝復康巴士 128
用行動來愛台灣 132
無障礙舞台 134
無礙與無愛 137
登上長城 無障礙？ 140
兵馬俑成了兵馬桶 142
一〇〇年的跨年 144
國寶要走了 147
離開警廣之後 152
打碎台灣文明的人 156
公益之賊 159

混障不打混仗

混障不打混仗 164
做一件一輩子想到都會感動的事情 167
希望之光 170
七月之約 173
一場沒有生命力的演唱會 176
我遇見了我的粉絲 179
另一種偶像 182
觀眾最少的一場演出 187
生命大翻轉 190
「不完全的生命、完全的愛」新馬演出之行紀實 193
爸爸聽得到我演奏——視障者胡清祥的豎笛人生 212
視障歌手馬惠美的笑笑人生 214
「催淚歌王」程志賢 216
給混障團員的一封信 222
為阿開保留一個座位 227
寄語阿開 230
更生人蘇楷儂 232
別了，楷儂 235

忙著陪家人

忙著陪家人 242
平安夜裡有平安 245
愛，不會失憶 250
老爸喝醉了 252
老婆，別再騎腳踏車了 254
老婆生病了 256
女兒失而復得 260
兩顆葡萄 262
貝貝走了 264
帶女兒去探險 268
女兒幼稚園畢業了 272
精子是什麼東西？ 275
孩子，願你成為快樂家 276
女兒的隨堂測驗 278
為女兒的頑皮感恩 280
女兒的愛心便當 282
只睡十分鐘就好 284
別讓哭予取予求 286
「創作小書」的驚嚇 288
為女兒簽名 292
開學日 294
女兒當選班長 296
德國現在幾點 298
帶女兒去買禮物 300
女兒推我去曬太陽 302
祕密基地 306
結婚紀念日 親親慶祝 308
一〇〇年的圓滿 310

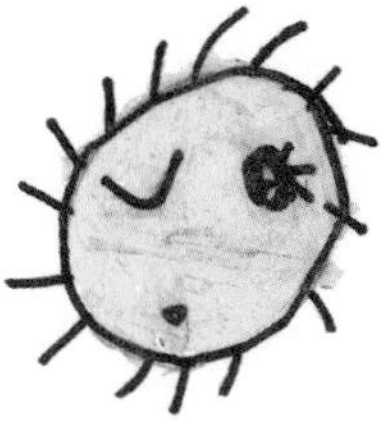

我有一顆樂觀心

人生好好

人生好不好？人生好好。

如果是馬英九總統來說人生好好，大家未必能接受如此的說法，因為他貴為一國之首，擁有至高的權力，當然會覺得人生好好。

如果是郭台銘總裁來說人生好好，大家也很難聽下去，因為他是台灣的首富之一，擁有無限的財力，當然會覺得人生好好。

如果是名模林志玲來說人生好好，即使她有著嬌滴滴的聲音，大家的內心還是會出現一個大問號，因為她集美麗、姣好身材於一身，當然會覺得人生好好。

馬英九總統代表著是「權力」，總裁郭台銘代表著是「財力」，志玲姐姐代表著是「美麗」，由他們的口中說出的「人生好好」，是缺乏「說服力」的。

但今天如果是由一個坐在輪椅上的重度障礙者，在生活起居皆需要假人之手，來道出「人生好好」的話，那麼大家便要豎起耳朵仔細的聆聽，可能人生真的好好？

「人生好好」是我的演講題目之一，以上的內容就是我演講的開場白。我一直很喜歡「人生好好」一詞，所以它成了我的演講題目之一。我在經典雜誌出版的書，書名也叫《人生好好》。還有我在台北看守所立德電台主持的廣播節目，節目名稱也叫「人生好好」。「人生好好」一詞，被我「一魚三吃」了。

現代的年輕人，是幸福也是不幸。幸福的是，他們的物質生活的確比我們那個年代富足多了。不幸的是，他們極少經歷挫折和困難的洗鍊，因此他們被形容為「草莓族」，表示不堪一擊。

當我們看見海面的冰山時，其實，那只是冰山的十分之一，有十分之九是隱藏在海面以下。人類的「潛能」何嘗不是如此呢？一般人所發揮出來的潛能僅有十分之一，有十分之九是未展現出來的。

如何讓自己的潛能源源不絕地發揮出來，最好的方法，就是經過挫折和困難的磨鍊。有句話說，「沒有經過嚴霜的橘子不甜，沒有經過奮鬥的人生不美」，或是「不經一番寒徹骨，那得梅花撲鼻香」，在在都是印證如此的道理。

名噪一時的洪曉慧案件，就是一個最好的例證。洪曉慧從小就是一個資優生，國小、國中、高中的成績都是名列前茅，並考上第一志願清華大學。她的人生可說一帆風順，平步青雲。

然而在她念大學時，她和她的朋友同時喜歡上了她的學長，但她較居於劣勢。她不知該如何面對如此的挫折，於是她鑄下了大錯，使用實驗室的王水，將其情敵溶屍。如此的「溶屍案」成了當時社會新聞的頭條。

我在想，若是洪曉慧在國小、國中、高中等任何一個階段，遭遇過一些挫敗，不順遂，相信她就不致犯下嚴重的錯誤。如此的「溶屍」，不僅溶化了對方的生命，也將自己的青春年華、黃金歲月、事業成就等一併溶化了。

九歲那年，因著讀書和復健之故，我被父母送到台北市立廣慈博愛院，在那裡度過了十三年的歲月。在成長的過程中，我有許多的抱怨與不平。三歲罹患小兒痲痺症，必須終生困坐輪椅之中，已經夠不幸，豈料，九歲又必須離鄉背井，獨自去面對一個完全陌生的團體生活。

當時我覺得自己是世界上最可憐、最悲慘、最無助的人……等於說所有的負面形容詞都集於一身。每當午夜夢迴，或自己獨處時，想起自己所面臨的種種遭遇和挫折，就是黯然啜泣。

可是，當我離開廣慈，踏入社會，或是年歲愈大時，我反而對廣慈十三年的歲月充滿感恩，若非這十三年的困厄和磨鍊，我不可能學習到對我而言極重要的功課，那就是「獨立自主」。

若我從小就在家裡長大，得到父母親百般的呵護，我是否會像有些身心障礙朋友一樣，變得茶來張口，飯來伸手，彷彿溫室中的花朵一般，禁不起風吹雨打、日曬雨淋，最後又成為一顆「草莓」了。

「爽」這個字，是現今許多年輕人的口頭禪之一。我曾想過，我們的老祖宗在創造這個字時，既然是爽，為什麼裡面是四個「×」，而非打∨畫○或是其他的圖形。這樣不是不爽了嗎？

後來，我在一本書中找到了解答，我們的老祖宗不愧是有智慧。原來「爽」字裡面的「×」，象徵著人生的挫折與困難，我們必須將這些挫折與困難一一克服、化解，最後方能坐擁「爽」的人生。

唯有嘗過黃蓮苦味的人，方能感受出橘子的甘甜；唯有飽受痛楚的人，才能對比出快樂是什麼滋味；唯有歷經挫折與困難的人，方能走出一條「人生好好」的道路。

我有一顆樂觀心

我能夠走出殘障的陰霾，和自卑感說再見，這都要拜「樂觀心」所賜。什麼是「樂觀心」？樂觀心就是凡事正面思考，都往好處去想。

一般人看見坐輪椅者，直覺的反應就是，坐在輪椅上很辛苦、很不方便。可是我已經坐在輪椅上了，我不能再去想坐輪椅很辛苦、很不方便，為了要培養訓練樂觀心，我可以想出輪椅有十種，乃至一百種好處。

隨意列舉三種與大家分享。第一種，若是我要陪朋友或家人去逛街或逛百貨公司，四體健全，好手好腳的人，走了兩、三個小時，會有腳痠腳累的情形，然而坐輪椅的我就沒有如此的問題。這就是坐輪椅的好處。

第二種好處，假如我今日要去參加一個叫好又叫座的活動，我從來不需要擔心人滿為患、一位難求。我笑稱自己到任何地方，都自備「椅子」（輪椅），所以我無庸憂慮沒有座位可坐的問題。

第三種好處，由於坐輪椅之故，我沒有穿鞋，因為穿鞋對我毫無實質作用，通常我都是只穿襪子，就達到了美觀的效用。試問，這一輩子買鞋子的錢，我就不知省下了多少。

有一次，我去學校演講，我問台下的同學，現今我只能想出坐輪椅有一百種好處，不知有哪一個人，可以幫我再想一種好處，但必須不在我原有的一百種好處之內，這樣我就有坐輪椅的一百〇一種好處，就像一〇一大樓一樣。後來有一位同學，真的幫我想到了。他說：「坐輪椅可以不用罰站。」說完，台下的人立刻哄堂大笑。我想這位同學會想出這種坐輪椅的好處，一定是他在學校的生活寫照，有感而發吧！

我相信任何的事情，都是一體兩面。你可以陷入悲觀之中，也可以樂觀地面對。然而樂觀與悲觀僅僅只是一念之間，卻有天差地別；樂觀可以形容成一種良性循環，讓我們容易與成功為伍，悲觀卻是一種惡性循環，使人容易跌入失敗的萬丈深淵。

現今的社會，許多人日以繼夜、汲汲營營地追逐金錢，然而當他們擁有金錢後，才驚覺仍有許多金錢買不到的東西。譬如：金錢可以買得到舒適的床，買不到睡眠；金錢可以買得到名貴的藥，買不到健康；金錢可以買得到豪宅，買不到溫暖的家……若是我們能先培養一顆樂觀的心，那麼許多金錢買不到的東西，便可以擁有了。

其實我不是天生就這麼樂觀，至於我是如何培養出樂觀的心，說出來有人一定意想不到，我的樂觀心是拜「殘障」之賜。由於我的重度殘障，帶給我極大的不方便，譬如我上下床鋪、洗澡、如廁，乃至睡覺時的翻身，我都需要有人幫忙。因此，我必須在個性上像開車一樣地「換檔」，否則，我勢必動彈不得，坐以待斃。

我曾經想過，假如我不是重度障礙者，而是中度或輕度的身障者，有許多事情可以自己完成，說不定我就不會如此樂觀了。所謂「需要為發明之母」，就是這個道理。

再說旅遊與樂觀的關係吧！這兩者居然可以扯在一起，你相信嗎？

話說身障者和一般人一樣，喜歡到處走走、逛逛，甚至可以出國旅遊。先說國內旅遊好了，由於台灣的「無障礙環境」未盡完善，一般人出門是一步一腳印，而身障朋友出門是一步一艱辛。

台灣有三一九個鄉鎮，你相信嗎？如今我已去過一半以上的鄉鎮，甚至金門、澎湖、蘭嶼等離島，我的輪椅皆已走過。

再說國外，先從較近的東南亞說起，我去過泰國、印尼、新加坡、馬來西亞等，再遠一點去過日本，而且我去過日本好幾次，更遠一點去過澳洲、美國、加拿大等。我還去過許多人夢中的樂土，那就是歐洲，這些年我去過歐洲的荷蘭、比利時、法國、德國、瑞士、義大利等。

我還登上世界各國名勝古蹟中，階梯最多可說數以萬計的階梯的地方，那就是「萬里長城」。有句話說「不到長城非好漢」，至今我已當了兩次好漢。截至二〇一〇年為止，我去過的國家已達三十個。

每每自國外旅遊返回，有些人除了羨慕外，還會對我提出一個疑惑：「為什麼你手腳不方便，還能世界各國趴趴走，我們好手好腳的，反而那裡也去不了？」

我會告訴他們，原本我也以為行動是靠手腳，後來我才像發現新大陸般地了悟，原來真正的行動來自我們的心，什麼樣的心，就是樂觀與悲觀的心，於是深切地刻劃出這句「劉格言」——樂觀的人，永遠有路可走；悲觀的人，永遠無處可去。

只要我們有顆樂觀的心，即使像我這樣坐著輪椅，在行動上處處需要人家協助，但一樣可以自由自在，來去如風。但如果你的心是悲觀的，即使你是好手好腳，一樣會覺得患得患失，無法跨出行動的腳步。

自從擁有樂觀心護體後，我發覺殘障對我而言，只是一種「不便」，而非「不幸」。以往在我眼中的輪椅，只是一堆破銅爛鐵，如今已成為我的「賓士車」。我一直相信「天不生無用之人，地不長無根之草」這句話，每個人來到這個世界，都有其意義和使命，要不我不可能存活到今天。

我常說，我是一流的靈魂住在三流的身體裡，總好過一流的身體住著三流的靈魂，這就是樂觀心的發酵。樂觀心最奇妙的就是，讓我的殘障還諸天地，讓我不再受困於人間。

行動是夢想的開始

從什麼地方到什麼地方，是最近的距離，也是最遠的距離？這是我演講時所做的結論，也是我的人生一路走來的致勝之道。

這個問題沒有標準的答案，我的答案是從心動到行動，是最近的距離，也是最遠的距離。

為什麼這麼說呢？因為有些人，當他心動的時候立刻化作行動，所以這是最近的距離。

然而有些人，當他心動時卻遲遲無法化作行動，可能是一天、十天，一年、十年，或是等到白髮蒼蒼、齒牙動搖，他還未將心動化作行動。試問，無疑地，這不是一段最遙遠的距離嗎？

像我這樣的一個重度障礙者，在生活起居幾乎處處需要假他人之手，然而我卻能走出一條屬於自己的道路，有一片自己的天空，我想我並非天資聰穎、毅力過人，我覺得我是一個最能讓心動和行動縮短距離，或是零距離的人。

我週遭的親朋好友，對我有個十分耐人尋味的譬喻，他們說「劉銘是個最缺乏行動，可是最具有行動力的人」。這的確是令人玩味，一個最缺乏行動的人，怎麼會是個最具有行動力的人？

原來「行動力」並不單單指著手腳，更重要的是由我們的「心」來掌控一切，有句話說「有心路不遠，有心事不難」，若是「有心」，再遙遠的路，也能一步一腳印地到達目的地；若是「有心」，再困難的事，也能按步就班地完成。

人生的成績單是否亮麗，不是我們知道了多少，而是我們做到了多少，「知道」而無法「做到」是沒有用的。這就是為什麼社會上成功的人畢竟是少數，大部份的都是平凡之人。

一天二十四小時，寧可一個小時去實踐，遠勝於二十四個小時都在枯坐冥想。時時提醒自己，不要成為一個思想的巨人，行動的侏儒。

大家都知道吸煙、酗酒有礙健康，可是知道又做不到，這有什麼用；大家都了解行善、行孝的重要性，可是知道又做不到，這有什麼用。

英國學者培根說：「知識就是力量。」我認為這句話只對了一半（我好大膽子，居然敢評論培根的話語），因為知識若缺少了行動的催化，那麼知識就永遠不可能帶來力量。

「行動是夢想的開始」是我演講的題目之一，我希望和大家分享共勉行動的重要性，不要做個光說不練的人，而能成為化心動為行動的人。

實踐是檢驗真理的唯一標準。

舉幾個工作上的例子與大家分享，為了宣廣混障綜藝團讓更多的人知道，我寄了一封信並附上一些資料，給TVBS「一步一腳印，發現新台灣」節目主持人詹怡宜小姐。

豈料，音訊杳無、石沉大海，約過了兩三個多月，該節目的製作單位竟然與我聯絡，來報導混障綜藝團在大佳河濱公園花博行動巨蛋的演出，並在農曆春節前播出報導的專輯。

這是令人欣喜之事，由於TVBS的宣傳力極佳，報導混障綜藝團之後，知道混障團的人就越來越多，進而邀請我們演出的機會就越來越多。

因此，不要放棄任何一個機會，即使看似渺茫。一個機會就相當於撒出一顆種子，這顆種子可能會死亡，也有可能在我們無法預期的某年某月的某一天裡，開枝散葉、發芽結果。一個機會，就是一個希望。

再舉個例子，尾牙期間，我們在東森集團總裁王令麟的部落格，寫了一封信給他，希望他能邀請混障綜藝團在他們公司尾牙中演出，我不知道能夠如願的機會有多少，但是我們已經努力的將種子撒出去了。我們的任務是將種子撒出去，至於種子的命運如何，就是老天爺的事情了。

就像我爺爺常說的一句話：「沒有場外的功名。」意思是說，若是你連考試都不去考，又如何能夠求取功名呢？考試當然有可能名落孫山，可是也有可能金榜題名，但必須要去考試，才能夠有這個機會。

很快地就接獲東森集團的回應，對方表示，他們的尾牙節目早已安排好了，然而還是願意從中安插一個我們的節目進去，於是選擇了「奇異三姝」的Nobody舞蹈。

當晚演出後，接獲志工魏陳良的來電，他表示，演出極為成功，觀眾的反應十分熱烈，更有一些企業主看完後，受到激勵，希望邀請去他們公司尾牙的表演。

這就像滾雪球一樣，越滾越大；由一個小雪球滾成大雪球。混障綜藝團的知名度就會越來越大，演出的機會就會越來越多。當初如果欠缺這樣的一個「行動」，認為可能會做白工，那麼可能就連一顆小雪球都滾不出來了。

當初我進入警察廣播電台，何嘗不是如此。我周遭的親朋好友都看衰，認為不可能，一來，我非廣播專業科系出身；二來，我又是重度障礙者，這是我的兩大「利空」。

時至今日，身心障礙者仍屢屢遭遇歧視、汙衊，何況是二十年前的那個年代，對於障礙者的接納度就更是微乎其微、機會渺茫。

但我告訴自己，即使不可能，我也要試試看。我不想等到有一天，當我白髮取代青絲，回想起年少時有一個「廣播夢」，我連再去試的機會都沒有了，那會是人生的一大憾事，如果我試過了，努力過了，即便不成功，也了無遺憾。

有句話說：「不要說等一等，但要說試一試。」我就是抱著如此的精神，才能披荊斬棘地走出一條屬於自己的道路。否則，就不會有國內第一個以殘障者來服務殘障者的廣播節目誕生，一做就是十八年，以及榮獲一座閃閃發光的金鐘獎了。

我不再抱怨了

上帝從不埋怨人們的愚昧，人們卻埋怨上帝的不公。抱怨，似乎是愈來愈多人的一種習慣。

我認識一對雙胞胎兄弟，哥哥的名字是悲哀的「哀」字，由於雙胞胎長得很像，所以弟弟的名字叫做「衰」，兩人的長相只有一橫之差。

「哀」就是「悲哀」的意思，「衰」台語念「ㄙㄨㄟ」，就是「倒楣」之意。早年的布袋戲，有一個人物叫做「衰尾道人」，這個人的運氣非常不好，非常倒楣，沒有人願意與他做朋友。

這一對雙胞胎，若是以台語來介紹的話，就更貼切與傳神了。意思是說，「哀」久就會「衰」，一個經常抱怨的人，運氣不但不會改變，反而會愈來愈糟，讓自己成為「衰尾道人」。

抱怨，還有一個致命傷，當一個小問題來臨時，你未去解決，而在那裡抱怨，結果，小問題逐漸地形成中問題，你又再抱怨，結果，最後變成一發不可收拾的大問題了。因此，抱怨的致命傷，就是讓我們錯失了解決問題的「黃金時間」。

當我領悟抱怨無濟於事，會讓我們運氣愈來愈差，甚至錯失解決問題的黃金時間後，從此，我再也不抱怨了。以前，我會抱怨自己的殘障，會抱怨為什麼兩個弟弟的身高有一八〇公分，而身為大哥的我，身高就只有一〇八公分。

十分奇妙的是，當我停止抱怨，我的運氣變好了，當我不再抱怨殘障時，我的「殘障」竟然還諸天地了。我開始相信，「地不長無根之草，天不生無用之人」，我認為每個人來到這個世界，都有其意義與使命，否則，我三歲的那一場高燒就燒死了。

幸福的人，是不住地感恩；不幸福的人，是不時地抱怨。當我不再抱怨時，我開始走入幸福，慢慢地，就成為一個幸福的人。幸福的人，是看到自己所擁有的，而不是看見自己沒有的。

命好不如習慣好

我的命之所以愈來愈好，並不單單只有努力和運氣而已，還要加上養成了許多的好習慣。

有人說「人是感情的動物」，我認為毋寧說「人是習慣的動物」，因為人大部分的時間，都被「習慣」牽著鼻子走。

靜思語有一句話說，「成功是優點的發揮，失敗是缺點的累積」。優點就相當於好習慣，缺點就相當於壞習慣，因此，一個人的好習慣愈多，他就愈容易與成功為伍，一個人的壞習慣愈多，他就愈容易跌入失敗的萬丈深淵。

每個人都希望自己擁有許多好習慣，然而好習慣不會憑空「黃袍加身」，不勞而獲的，而是需要花時間去養成。

早年的一個研究資料顯示，要養成一個好習慣，需每天持續不斷地去做這件事情，最少需維持二十一天。前不久，英國又有一個研究資料表示，一個好習慣的養成，需要每天持續不斷地，至少要六十六天。

養成好習慣的剛開始，是需要具有「勉強自己」、「強迫自己」的精神，這一點是極重要的。若是抱著「三天打魚，五天曬網」的做法，將永難養成好習慣，而之前所做的，也會重新歸零。

以馬英九總統為例，他有一個好習慣就是跑步。他表示，剛開始養成「跑步」的習慣時，是很辛苦的，可能會遇到天候不佳，身體不適，公務繁忙等因素，此時腦海中就會出現一種聲音：「今天不要跑，明天再跑好了」。若是沒有抱持「勉強自己、強迫自己」的精神堅持下去，好習慣還是難以養成。

而我自己常年來，也養成了許多好習慣。像我每日早晚各有的一個好習慣，早晨起床，上班之前，一定會有的好習慣就是「如廁」，如此我就無須擔心，在上班期間如果要上大號時該怎麼辦了。

之後我陸續看到一些醫學報導，強調每日如廁的重要性，可以促進新陳代謝，清除腸道，減少宿便的傷害等。我在想，我真是因禍得福，拜「殘障」之賜，如果我好手好腳行動自如，可能就未必養成這種好習慣。

另外，我再提一個好習慣，由於我在飲食方面的節制，譬如不喝便利商店販售的碳水化合物的飲料，我喝的飲料只有兩種，一種是白開水，一種茶水。還有我極少吃油炸食物等，這就是為什麼從年輕到現今，我始終維持三十八公斤體重的秘訣，如此可以減少家人照顧我的負擔。

有句話說「沒有好習慣，事業很難成功；沒有壞習慣，事業很難失敗」，足見好習慣的重要性。而且，我認為愈年輕愈容易養成好習慣，愈老愈不容易養成好習慣，無怪乎孟德斯鳩說：「老狗變不出新把戲」。

我比較願意在學校，針對莘莘學子演講「命好不如習慣好」這樣的主題，而不建議去監獄面對收容人談如此的題目，因為收容人許多的習性皆已根深蒂固，可能改變的機會微乎甚微了。

其實，一個集許多好習慣於一身的人，他的命自然就會變好了。

發生就是恩賜

二二八連續三天假期，陽光普照的天氣，召喚許多人傾巢而出。餐廳、風景區、花博等地，到處都是人擠人，車塞車。

晚上我們一家三口外出用餐，先去王品牛排，客滿；西堤牛排，客滿；川之流火鍋，客滿。最後去了一家從未去過的典藏涮涮鍋，也不知道好不好吃，只是因為有座位。經過肥前屋時，目睹了大排長龍的景象。

電視新聞報導，參觀花博的人數，突破了大年初三的人數，又創下了新的紀錄。在臉書上，看見有人表示，花博裡，到處都是人，而且人擠人，看不到什麼花，看到的都是人。

許多人乾脆跑去武陵農場看盛開的櫻花，結果造成了大塞車。據說有些人，來回塞了八個多小時。更誇張的是，聞名世界的老鷹合唱團，在林口巨蛋演唱，造成更大的塞車，有些人來回塞了七個多小時。

以前我在警廣播報路況，主持人之間流行著一句話，「能夠塞車也是一種幸福」。可不是嗎？能夠和家人或心愛的人，平安地塞在車陣中，在車裡閒話家常，難道不是一種幸福嗎？

後來有人對這句話反彈，認為這句話缺乏同理心，聽起來像一句風涼話，要不然你來塞塞看嘛！之後就極少聽到有主持人說這句話了。

我倒有不同的看法，既然塞在車陣中，著急、抱怨也是無濟於事，改變不了什麼，倒不如轉念，換個心境。能夠塞車，表示你有車可坐；能夠塞車，表示你可以出遊或參加活動。這樣想，心情不就可以好一點了嗎？

當然，這句話只適合主持人說，為了安撫用路人的情緒之用，政府官員就不宜這麼說了。否則，會讓人覺得官員怠忽職守，還為自己找藉口。

我認為「發生就是恩賜」。任何事情的發生都有其意義存在，無論是好事或壞事，只是大部分的人只能接受好事，而難以認同壞事。

像我從小罹患小兒麻痺症，必須終生坐在輪椅上，但如果不是因為殘障，我又如何能夠深切地體會生命，珍惜生命。

再說一件事情，在廣慈那段歲月，有一段時日，輪椅不敷使用，我只好坐在床上，由白天坐到黑夜，再由黑夜坐到白天，除了如廁。就這樣日復一日地坐著，到底坐了多少日子，我已不復記憶。

那個時候，我絕對不會想到，如此漫漫長日地坐在床上對我有何意義？豈料，在三十多年後，這樣的意義發生了。老婆懷孕時，有一段時間，醫生要求她必須「臥床」，要不然胎兒就可能不保。

老婆好動成性，要她日以繼夜地臥床，是件困難的事。為了讓她能夠安心地臥床，我以身作則地陪她臥床，這樣她就不會覺得無聊難耐了。

我記得當時我陪老婆臥床有一個多月，對於一般的老公可能會難以承受、度日如年，然而對我而言，卻是習以為常，一點都不覺得窮極無聊。因為如此的日子在三十多年前，已經發生過了。這就是為何我會說「發生就是恩賜」。

我在網路上讀過一篇文章，題目叫做〈一切都是最好的安排〉，內容是說：

從前有一個國家，地不大，人不多，但是人民過著悠閒快樂的生活，因為他們有一位不喜歡做事的國王，和一位不喜歡做官的宰相。

國王沒有什麼不良嗜好，除了打獵以外，最喜歡與宰相微服私訪民隱。宰相除了處理國務以外，就是陪著國王下鄉巡視，如果是他一個人的話，他最喜歡研究宇宙人生的真理，他最常掛在嘴邊的一句話就是「一切都是最好的安排」。

有一次，國王興高采烈又到大草原打獵，隨從們帶著數十條獵犬，聲勢浩蕩。國王的身體保養得非常好，筋骨結實，而且肌膚泛光，看起來就有一國之君的氣派。隨從看見國王騎在馬上，威風凜凜地追逐一頭花豹，都不禁讚歎國王勇武過人！

花豹奮力逃命，國王緊追不捨，一直追到花豹的速度減慢時，國王才從容不迫彎弓搭箭，瞄準花豹，嗖的一聲，利箭像閃電似的，一眨眼就飛過草原，不偏不倚鑽入花豹的頸子，花豹慘嘶一聲，仆倒在地。

國王很開心，他眼看花豹躺在地上許久都毫無動靜，一時失去戒心，居然在隨從尚未趕上時，就下馬檢視花豹。

誰想到，花豹就是在等待這一瞬間，使出最後的力氣突然跳起來向國王撲過來。國王一愣，看見花豹張開血盆大口咬來，他下意識地閃了一下，心想：「完了！」還好，隨從及時趕上，立刻發箭射入花豹的咽喉，國王覺得小指一涼，花豹就悶不吭聲跌在地上，這次真的死了。

隨從忐忑不安走上來詢問國王是否無恙，國王看看手，小指頭被花豹咬掉小半截，血流不止，隨行的御醫立刻上前包紮。雖然傷勢不算嚴重，但國王的興致被破壞光了，本來國王還想找人來責罵一番，可是想想這次只怪自己冒失，還能怪誰？所以悶不吭聲，大夥兒就黯然回宮去了。

回宮以後，國王越想越不痛快，就找了宰相來飲酒解愁。宰相知道了這事後，一邊舉酒敬國王，一邊微笑說：「大王啊！少了一小塊肉總比少了一條命來得好吧！想開一點，一切都是最好的安排！」

國王一聽，悶了半天的不快終於找到宣洩的機會。他凝視宰相說：「嘿！你真是大膽！你真的認為一切都是最好的安排嗎？」

宰相發覺國王十分憤怒，卻也毫不在意說：「大王，真的，如果我們能放大眼界，確確實實，一切都是最好的安排！」

國王說：「如果寡人把你關進監獄，這也是最好的安排？」

宰相微笑說：「如果是這樣，我也深信這是最好的安排。」

國王說：「如果寡人吩咐侍衛把你給拖出去砍了，難道這也是最好的安排？」

宰相依然微笑，彷彿國王在說一件與他毫不相干的事：「如果是這樣，我也深信這是最好的安排。」

國王勃然大怒，大手用力一拍，兩名侍衛立刻近前，他們聽見國王說：「你們馬上把宰相抓出去斬了！」

侍衛愣住，一時不知如何反應。國王說：「還不快點，等什麼？」侍衛如夢初醒，上前架起宰相，就往門外走去。國王忽然有點後悔，他大叫一聲說：「慢著，先抓去關起來！」

宰相回頭對他一笑，說：「這也是最好的安排！」

國王大手一揮，兩名侍衛就架著宰相走出去了。

過了一個月，國王養好傷，打算像以前一樣找宰相一塊兒微服私巡，可是想到是自己親口把他關入監獄，一時也放不下身段釋放宰相，嘆了口氣，就自己獨自出遊了。走著走著，來到一處偏遠的山林，忽然從山上衝下一隊臉上塗著紅黃油彩的蠻人，三兩下就把他五花大綁，帶回高山上。

國王這時聯想到今天正是滿月，這一帶有一支原始部落每逢月圓之夜就會下山尋找祭祀滿月女神的犧牲。

他唉嘆一聲，這下子真的是沒救了。國王跟蠻人說：我乃這個國家的國王，放了我，我就賞賜你們金山銀海！可是嘴巴被破布塞住，連話都說不出口。

當他看見自己被帶到一口比人還高的大鍋爐，柴火正熊熊燃燒，更是臉色慘白。大祭司現身，當眾脫光國王的衣服，露出他細皮嫩肉的龍體，大祭司嘖嘖稱奇，想不到現在還能找到這麼完美無瑕的犧牲。

原來，今天要祭祀的滿月女神，正是「完美」的象徵，所以，祭祀的牲品醜一點、黑一點、矮一點都沒有關係，就是不能殘缺。

就在這時，大祭司終於發現國王的左手小指頭少了小半截，他忍不住咬牙切齒咒罵了半天，忍痛下令說：「把這個廢物趕走，另外再找一個！」脫困的國王大喜若狂，飛奔回宮，立刻叫人釋放宰相，在御花園設宴，為自己保住一命、也為宰相重獲自由而慶祝。

國王一邊向宰相敬酒說：「愛卿啊！你說的真是一點也不錯，果然，一切都是最好的安排！如果不是被花豹咬一口，今天連命都沒了。」

宰相回敬國王，微笑說：「賀喜大王對人生的體驗又更上一層樓了。」過了一會兒，國王忽然問宰相說：「寡人救回一命，固然是『一切都是最好的安排』，可是你無緣無故在監獄一個月，這又怎麼說呢？」

宰相慢條斯理喝下一口酒，才說：「大王！您將我關在監獄，確實也是最好的安排啊！」

他饒富深意看了國王一眼，舉杯說：「您想想看，如果我不是在監獄，那麼陪伴您微服私巡的人，不是我，還會有誰呢？等到蠻人發現國王不適合拿來祭祀滿月女神時，那麼，誰會被丟進大鍋爐中烹煮呢？不是我，還會有誰呢？所以，我要為大王將我關進監獄而向您敬酒，您也救了我一命啊！」

國王忍不住哈哈大笑，朗聲說：「乾杯吧！果然沒錯，一切都是最好的安排！」

許多時候我們因為一點小小的挫折便心灰意冷；但更多的時候我們因為生活上一點小小的不如意就指天罵地，彷彿自己是全世界最不幸可憐的人——相信我：生命中每個挫折與羞辱都有它的意義，振作起來勇往直前，你會驚見：「果然沒錯，一切都是最好的安排！」

「一切都是最好的安排」這句話與「發生就是恩賜」做了最好的呼應。

演講之路

我是什麼時後開始演講的，時間地點，對象是什麼人，我絲毫沒有記憶了。

按說每個人的「第一次」，都會記憶猶新，宛若昨日之事，然而我卻怎麼也想不起來，或許當初始所未料會走上演講之路吧！

我只記得，剛出來演講時，卯足了勁兒，頂多只能講一個小時，再講下去，就會坐如針氈，再講下去，就會頭皮發麻……

走筆至此，突然想起早年在「台電」那一場演講。主辦單位給我的時間是一個鐘頭，叫我只講五十分鐘就好，留十分鐘給台下的人發問。

當時，我就真的只準備了五十分鐘的演講內容，豈料，那十分鐘卻無人發問。記得那時的場景，如同有一首歌的歌詞一樣，「你看我，我看妳，相對默默無話說」，我真是坐立不安，尷尬極了。

有句話說，一塊錢逼死一名英雄好漢，而當時那十分鐘，猶如漫漫長夜，幾乎讓我窒息。如今的我，兩個鐘頭的演講，乃輕而易舉，如同折枝一般，我還必須做些「修剪」才夠講。我還講過三個小時的演講。

所謂「台上三分鐘，台下十年功」，現在的我，能夠旁徵博引，滔滔不絕地演講，這都是「時間」日積月累的成果。我不但到處演講，還在行天宮文教基金會開辦過「教人如何演講」的課程。過往與現在的我，實在不可同日而語。

現在大部分的演講者，都是借助電腦所播放出自製的「投影片」來演講，我總覺得如此讓聽講者少了一些「想像力」。我的演講只需一支麥克風，而與台下的人「互動」，這是我演講的特色。

我印象最深刻的一場演講，是在桃園女子監獄，針對收容人而講。

大約十年前的某一天，接獲桃園女子監獄的來電，對方表示，監所內有一個讀書會，這次是閱讀我所寫的《輪轉人生》一書。

然而許多的收容人提出一個疑問，她們認為這本書是虛擬的、杜撰的，怎麼可能一位重度障礙者，處處都需要他人協助，卻能夠得獎、出書、到許多國家旅遊，成為廣播節目主持人，有個美滿的家庭等。她們好手好腳都做不到了，怎麼可能一個手腳癱瘓的人做得到？

還有少數的收容人說，這本書八成是法務部請人「編寫」的勵志書，這麼做，無非是為了鼓勵收容人，能夠洗心革面，重新做人。獄方人員說，無論如何，要請我「御駕親征」去一趟桃園女子監獄，讓收容人親眼目睹我的「本尊」，如此方能證明這本書是真人真事，絕無造假，否則以後讀書會就辦不下去了。

記得那一天下午，當我抵達桃園女子監獄的禮堂時，三百多個座位已經坐得滿滿的，在期待我的出現。接著工作人員，一個人抱我，二個人扛著輪椅上了講台，台下立刻響起一片掌聲。

在我要開口講話時，我已經瞥見台下有人拭淚了。由於《輪轉人生》一書的封面有我的照片，所以收容人開始相信，原來世間上真有「劉銘」這號人物，而非虛擬的人物。當我演講結束時，我發覺許多人已經哭成一團了。

過了幾個月後，桃園女子監獄針對收容人舉辦徵文比賽，請我擔任評審。這次徵文的主題，不是聽完我演講後的心得感想，而是和「戒毒」有關的主題。

當我批閱著一篇篇文章時，我竟讀到有幾篇文章寫到我，說我是她們生命中的貴人。

說到「生命中的貴人」，應該是她們的父母、師長或朋友，再怎麼也輪不到我。我只不過和她們僅有一面之緣，我只不過為她們做了一場義務性的演講，就這麼容易地成為她們「生命中的貴人」。

自此，我驚覺演講的影響力，可以為人們心靈開啟一扇窗，可以成為生命中的轉捩點。

我開始不再躲在廣播的麥克風後面，而帶著麥克風「出走」，走入人群之中，開始了我的演講之路。

同樣是一句話，同樣是一個道理，透過我的口說出來，就是不一樣，就是具有「說服力」。這對收容人來說，十分受用，因為他們的心態是「千錯、萬錯，都是別人的錯」，如今在他們面前出現了「榜樣」，讓他們找不到藉口抱怨了。因為在他們面前的我，外在的條件，比他們任何一個人都差，而且是差多了。

我終於體悟了一件事，原來，之前我所吃的苦，受的難，是為了增加我生命中的深廣度，讓我人生的這一道菜，添加了酸、甜、苦、辣、澀許多的滋味，變得多采多姿，耐人尋味。

來自監獄的一封信

敬愛的劉銘老師您好：

看完您的著作《人生好好》甚為感動，帶給我們無限的勇氣，增加了對未來更高的期望（尤其家中也有一個中度肢障的孩子），您的人生觀更是我引以學習的典範。

我是一個在桃園女子監獄帶領讀書會的教誨志工，在閱讀的歷程中，一直堅持「閱讀」是一條最直接、最有效的教化途徑，透過讀書會的方式，在讀過、讀懂、讀通、讀透的過程中，希望受刑人因閱讀達到真正教化的本意。

本年度的一月、二月，我們以您的著作《人生好好》這本書，作為閱讀的教材，每週一次，一次兩小時的讀書會，我們沉浸在劉老師作品中，細細品味老師所走過的每個階段，所領會的生命歷程感受。

除了感動，更是佩服老師樂觀進取的人生觀。我也在帶領中，看到同學（受刑人）對您的精神所給予的滋潤力量，在此，對老師您的可貴精神，奉上一句：感恩您！

二月十六日進入監所上課，得知劉老師在十五日帶領殘障朋友來到監所做表演（我不知道訊息，否則我一定前往觀賞），我要學員說說感想，在讀過老師的著作，進而看到老師的本尊及精采表演。學員們感觸更是深入心坎中，有好幾個學員在敘述中都哭了，這讓我真感動。

在監所帶領讀書會的十年之久的日子裡，看到學員因閱讀而觸動心中的情感指數而哭，都會讓我有無限的動力，繼續把讀書會這份工作做下去，再一次感謝您。

在這一次《人生好好》的閱讀過程中，有位學員提到他有個弟弟因小殘障，卻一直無法走出殘障的陰影，把自己封閉在家中，讀完本書很希望弟弟也可閱讀到老師的著作，但因刑期因素，還未能與家人做深入書信往來，我應許他這件事由我來完成，所以今日唐突地寫這封信給您，麻煩劉老師寄一本《人生好好》這本書給受刑人的弟弟。

祝　快樂。

阮仁秀　敬上

二〇一一年二月二十一日

後記：看完這封信，內心波濤洶湧，十分地感動。我想這就是為何古人會說寫書是一種「立言」的貢獻。這就是為什麼我會出這本《從殘童到富爸》的原因。

親愛故事

在我眾多的演講中，令人難忘的一場就是在南投縣親愛國小。當初接獲學校演講邀約時，我確實猶豫了一下，並非由於此場演講屬義務性質，而是一想到來回需七至八個小時的舟車勞頓，我的腰就發疼。可是繼而一想，學校有老師願意開車接送，不是比我們更辛苦嗎？

再說，我有一半原住民的血統，能夠針對學校占多數的原住民小朋友作回饋，不是我一直想做的事嗎？要做就做雪中送炭的事，勿做錦上添花的事。於是我答應了這場演講，並請人為我的廣播節目代班。

演講後不久，凌華基金會接獲一筆一千多元的捐款，署名為「親愛國小」，凝望著這張劃撥單，心情激動地久久難以平復。學校老師告訴我，這是學校舉辦園遊會的結餘，經過小朋友討論後，將捐給我所服務的基金會，我想他們也是希望做一些回饋吧。

還記得前（九十四）年十月，台北市仁愛扶輪社舉辦「一千次例會珍惜與感恩」活動，經我的推薦，該扶輪社捐出二十萬元給親愛國小，作為學童營養午餐的費用。

當我出版《人生好好》新書時，我發起了「一人一書，送愛到監獄」活動，此時又接獲親愛國小兩本書的捐款，儘管只有區區的兩本書，卻是他們做出的最大心意與表現。

之後，基金會又捐出十本新書給學校圖書館，讓同學可以輪流借閱。昨天又接獲學校寄來的一個包裹，打開一看，裡面有學生親手鉤的圍巾，說要送給我的太太，另外又鉤了毛線帽給亮亮，並祝我們一家人永遠平安幸福。

如此禮尚往來的交流，真是讓人溫馨不已。我感動於學校老師對學生的教導，讓小朋友並未看到自己的不足與缺乏，而能夠著眼於付出與回饋，這真是「生命教育」最好的活教材。

CEO and OEC

這是我第一次帶著白色手套，手持金光閃閃的剪刀，參加剪綵活動。

二〇一一年四月九日下午一時，在楊梅高榮禮拜堂，舉辦「電腦教室」啟用典禮的剪綵。我是代表凌華教育基金會受邀剪綵的貴賓之一，其他還有議員、里長、教授等人。

凌華教育基金會贊助高榮禮拜堂十七部電腦，以及周邊設備，並請凌華科技公司工程師Leo組裝。一間煥然一新的電腦教室，就這樣落成了。今後，當地的居民就可以來此免費學習電腦，充實自我，提升科技教育。

有一位中央大學的老師，看到我一直叫喚我「CEO」，我心想，執行長就執行長，幹嘛一定要用英文喊CEO。我打趣地對她說，乾脆喊我OEC（日語好吃的諧音）好了。

有一位政治人物，在接受媒體訪問時，最喜歡提「CEO」一詞，好像

CEO是多麼了不起或高貴的職位。殊不知，台灣的CEO就像大學生一樣，招牌掉下來，隨便就砸死一堆CEO或大學生。因此，CEO根本是不值得誇讚的。

從以前到現在，我向來不喜歡人家喊我的職稱，即使我的工作夥伴，我希望喊我名字或是在名字後面加個大哥都可以，只要不要喊我小劉或老劉就好了。我一直覺得職稱是一種符號而已。

現在我的周邊圍繞著許多朋友，或是有人噓寒問暖，我知道這些都是因為職稱的加持，才有這一切。我期許自己，當有一天，我不再擁有這些職稱時，人家還願意幫助我或尊敬以對，那才是做人成功。

真正的成功，不是你的職位高過多少人，而是你幫過多少人。

有魔法的四十歲

四十歲，是我人生的分水嶺。它彷彿魔法般，形塑予我兩個截然不同的世界。

先是在工作方面。四十歲之前，我和老婆處在「兩人世界」之中，這本該是浪漫的韻事，然而我們大部分時間卻被工作占據。當時老婆在廣告公司上班，我是廣青文教基金會執行長，警察廣播電台節目主持人，尤其是我，一天工作十二個小時左右。

四十歲之後，「兩人世界」有了變化，因為有「第三者」的介入，那就是我們夫妻結婚八年後，終於有了愛情結晶。本來我以為我身體殘障，「精子」也跟著殘障，否則，為什麼生不出小孩。

從「兩人世界」到「三人世界」。我們的工作也有了變化，老婆成了家庭主婦，專職地照顧孩子，我也從廣青文教基金會的執行長，轉換為凌華教育基金會執行長。同樣都是「執行長」一職，差別在於之前的執行長是「時間制」，而後的執行長是「責任制」，如此我就有許多的時間陪小孩了。

在外貌方面。四十歲之前，我是「白馬王子」，不信可以看我年輕時的照片，真是帥到最高點。現在連我自己看以前自己的相片，還是讚不絕口，多麼俊俏的小伙子，怎麼有人長得這麼帥氣，以前怎麼沒有發覺到。

四十歲之後，白馬王子變成了「白髮王子」，我想我應該是遺傳到我的老爸吧！我難以接受滿頭白髮的自己，站在講台上演講或舞台上主持活動，彷彿一個白髮蒼蒼的老者。因此，我去染髮了。

如同女兒所言，不論是白馬王子或是白髮王子，畢竟還是「王子」，難掩王子的帥氣。女兒的嘴巴真甜，不啻是老爸上輩子的情人。

在期待方面。四十歲之前，我不斷地尋找貴人，希望能讓我在工作、行動、生活等方面，一切順利。像監察院前院長錢復先生的夫人錢田玲玲女士，由於她的「臨門一腳」，我才有機會進入警察廣播電台；像凌華教育基金會的創辦人也是董事長倪寒芬女士，讓我主導基金會的業務，充分地授權與信任，讓我能在現今的工作上盡情發揮。他們都是我「生命中的貴人」。

四十歲之後，我期待自己能夠成為別人的貴人。因此，我成立了「混障綜藝團」。讓具有才藝的身心障礙朋友，能夠藉著精湛才藝的表演與生命故事的分享，去做「生命教育」的宣導。

另外，我去台灣數位有聲書學會擔任錄音志工，為視障朋友錄製有聲書；我去台北看守所立德電台擔任廣播志工，主持節目教化收容人。此一節目至今已邁入第四個年頭了。

生命的魔法輕輕一揮，讓我的四十歲之前「一無所有」，四十歲之後「一無所缺」。

我多活了二十年

一個被醫生斷定只能活到三十歲左右的人，如今度過了五十歲的生日，這個人就是我！

記得當時醫師表示，由於我是坐輪椅的重殘者，加上脊椎嚴重側彎成S型，最後會因為心肺功能衰竭而死。

如今我還活著，比醫師斷定的三十歲多活了二十年。在演講中，我曾說過我滿五十歲時，將去那家醫院掛那個醫師的號，準備「踢館」，讓那個醫師看看，我不但活著，而且還活得很好、很精采。

其實我應該感謝那位醫師，若非他做了如此的「宣布」，又如何能夠讓我有所警惕，把握有限的生命，一天當成兩天來過，活出生命的光與熱，最後反而讓我「賺到」了。

五十歲的生日，我本想席開五十桌，昭告眾親朋好友們，當天是我打破醫師魔咒二十年的日子。讓我能夠破除魔咒的兩樣法寶是意志力和樂觀心態。

我覺得自己多活二十年這事可以是種「生命教育」的宣導，但繼而一想，席開五十桌的奢華，可能會掩蓋生命教育的意義；再說如此的招搖，也可能會被閻王爺發現我這隻「漏網之魚」，這是我爺爺說過的話，於是我把這樣的想法作罷。

後來我又想，那麼擺個五桌應該就不致有招搖奢華之感吧！思來想去，我還是沒這麼做，因為不管五十桌或是五桌，這樣的舉動還是會驚動閻王爺。

生日的這一天，只有我們一家四口（連同乾女兒）吃了一頓溫馨的生日晚餐。我試著體悟簡單的生活就是一種幸福，就有著生命的意義！

生命中的貴人

與三十多年未見的老友見面，這會是一個什麼樣的場景？是深情的擁抱，還是淚眼婆娑。這位三十多年不見的老友叫做「王崗」。

王崗是我國中同班同學。那時候，我就讀的班級在三樓，沒有電梯，還好有王崗，他會主動找幾位同學，像扛轎般地幫我把輪椅抬上三樓，放學後又抬到一樓，以致讓我能夠順利地上下學，完成國中的學業。

那個年代，缺乏「無障礙空間」的觀念。我不了解「好班」為何不能安排於一樓，而必須放在一樓以上的樓層。若是發生在現今，我一定會手持白布條去抗議，但或許就少了這段「情誼」。所謂「發生就是恩賜」，如今，我越來越能體會這句話的真諦。

另外，在我的記憶中，他還推著我去過他家幾次，還請我吃飯。當時我住在台北市立廣慈博愛院，廣慈的大鍋菜並不好吃，所以吃起王崗家的即便是家常菜，儼然成了人間美味。

那一天下午，門鈴響起，王崗出現在我們家。他的臉變大了、變老了；他的身材變高了，肚子也微微的突起。他當然會有所改變，三十多年來，歲月怎麼可能不會在一個人的身上留下任何的痕跡？尤其我對他的印象，仍停留在他國中生的那個時候。

若說唯一未改變的就是我，三十年前坐輪椅，三十年後，依然端坐輪椅之上。只是三十年前我是「白馬」王子，現在成了「白髮」王子。但無論是白馬王子或白髮王子，依然都是「王子」。嘻！

早年，我曾經上過華視「點燈」節目，當時要尋找的人就是王崗，透過製作單位才知道，他已經在美國定居，結婚生子了。只可惜人是找到了，我們只有透過國際電話通話，並未看到他的本尊來到攝影棚，此乃深感遺憾之事。

王崗一進門，就主動給我一個深情的擁抱，並帶來了一個茶葉禮盒作為伴手禮。我實在很難想像，一個住在台灣，一個住在美國，在三十年後的今天，時空並未阻隔我們，我們竟然有機會見面，有機會開懷暢談。除了「緣份」，實在找不出任何的解釋。

王崗談及二十年前，他去美國的情形。剛開始他在餐館打工，之後又成為裝潢工人，工作十分地辛苦；好幾度他的婚姻瀕臨破裂，幾乎到了難以挽回的地步。直到他認識了上帝，接受了信仰，一切才開始有了改善。

當初，有一些浸信會的教友，來廣慈傳揚福音，每週六的下午都有聚會，我不知我是不好意思拒絕他人的邀請，或是去參加教會有糖果餅乾可以吃。記得我曾邀請王崗去參加，但他興趣缺缺，豈料，多年後，他已成為專職的傳道人。人生就是如此奇妙，他在台灣時，沒有想要去認識上帝，而在美國時，受洗成為基督徒。人生兜了這麼大的一個圈子，最後還是投入主的懷抱。

我發覺，住在美國只是「好聽」而已，生活未必「好過」，尤其是非白色人種。儘管美國口口聲聲地標榜自己是民主自由國家，重視人權，但在美國，種族歧視、階級之分，仍是處處可見。若說王崗在美國有什麼收穫，那就是認識了上帝。

晚上，我們一家三口請王崗去雞家莊吃飯，讓他重溫一下道地的台灣料理。他的話匣子一開，滔滔不絕，講述著別後這些年的點點滴滴，恨不得一下子就把這三十年的事情說完。老婆帶著亮亮先行離去，我則在雞家莊扮演忠實的聽眾，聽他講到九點多才回家。

臨行前，我送了我的書和混障綜藝團的一些資料給他。他對於「混障」這個團體頗有興趣，說不定日後混障綜藝團有機會到美國的教會去宣教。我還給了他一個紅包，這在基督教裡面叫做「奉獻」。這一切的心意，都是為了感謝我生命中的這位貴人。

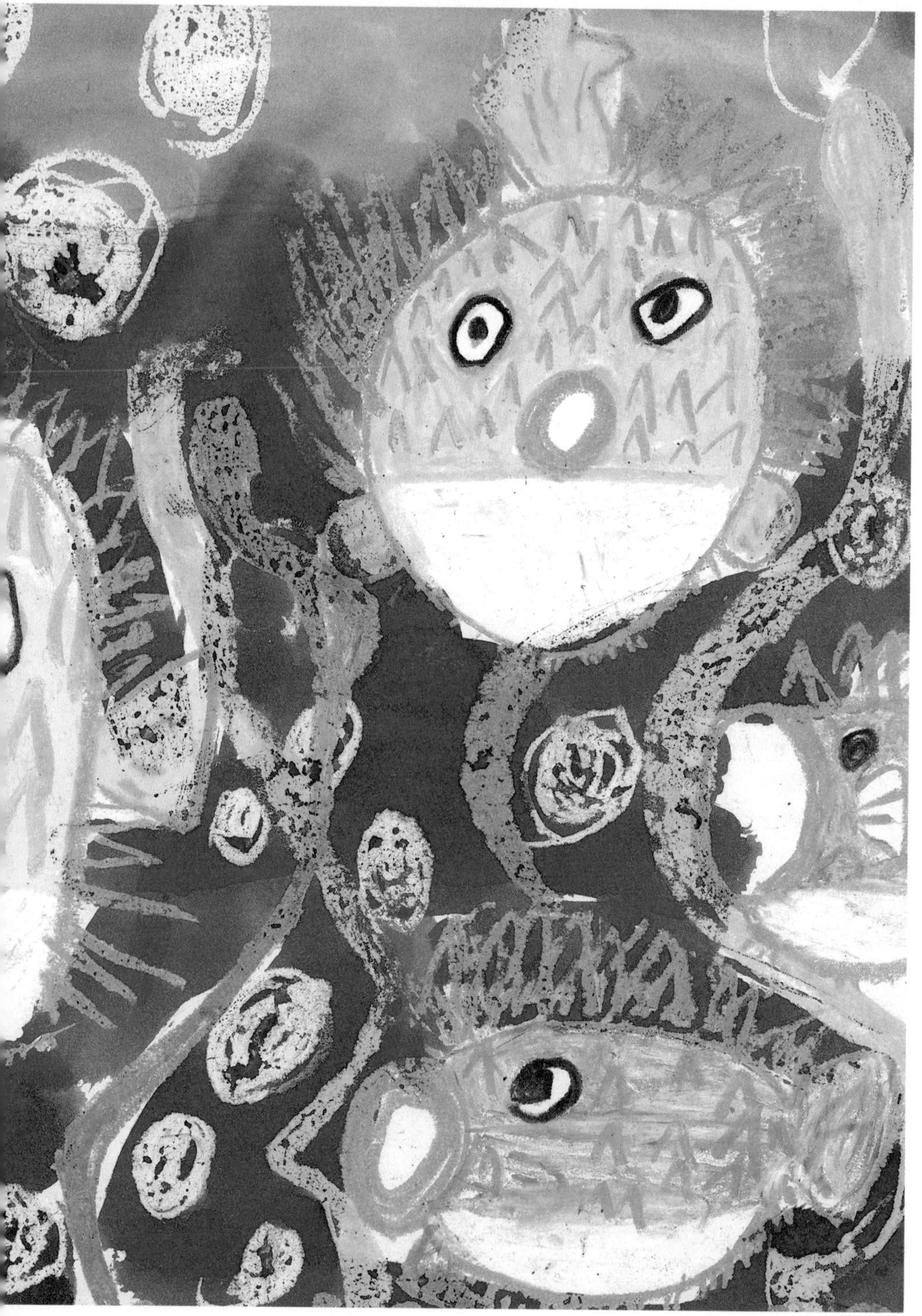

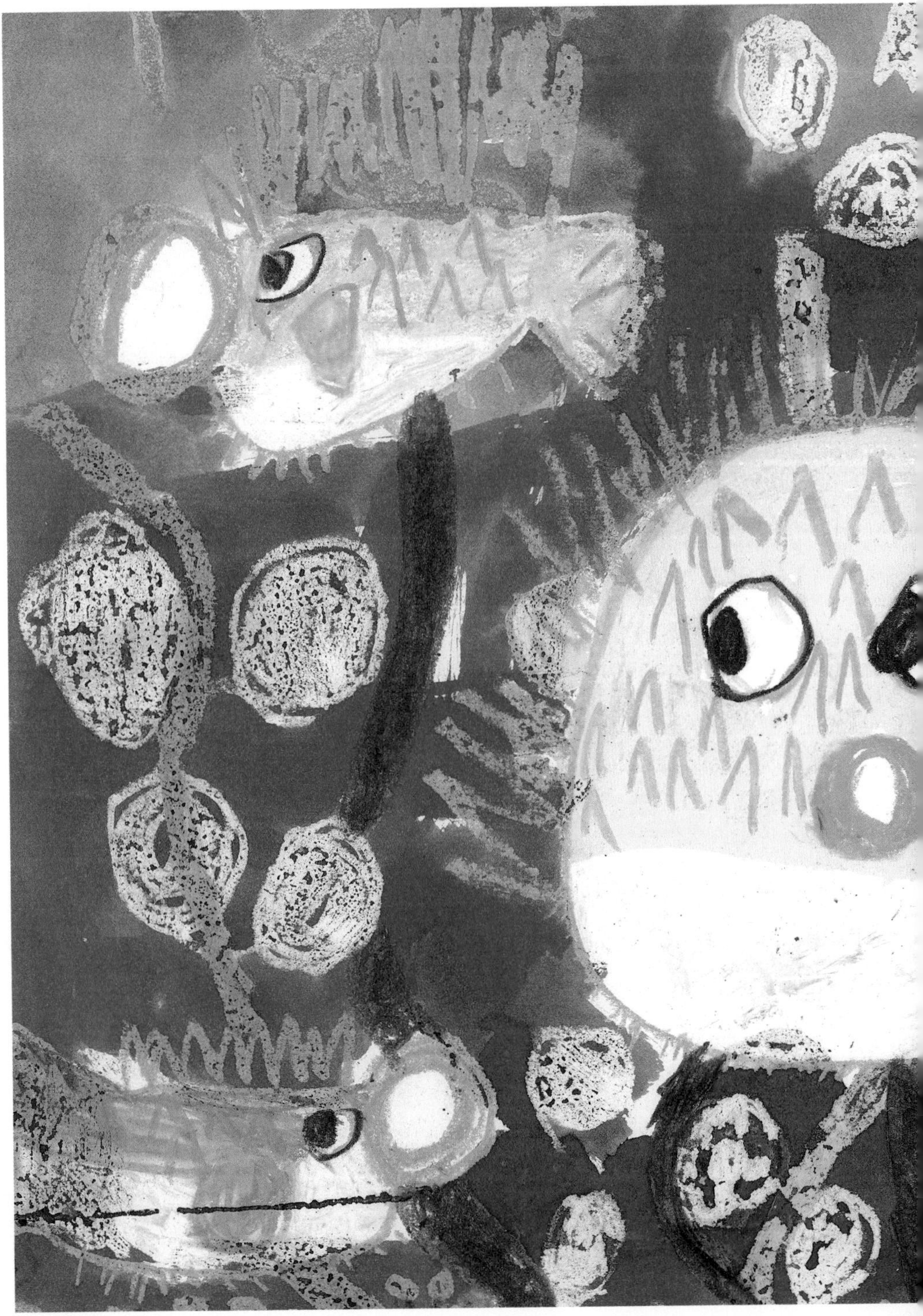

吃不回童年滋味

小時候，有幾年住在宜蘭，究竟住了幾年，已不復記憶。但我還記得在三角公園，有賣一種小吃，叫「米粉羹」，這大概是宜蘭的特產吧，就像台南的「棺材板」、台中的「太陽餅」。

米粉羹的米粉是粗條的，芶芡十分濃稠，裡面還有放切片的丸子，只是丸子沒啥味道，這種丸子在其他地方未曾吃過，不知是否也屬於宜蘭的特有東西。起鍋後，再灑上一些胡椒粉，一碗米粉羹就算大功告成了。

那一晚，我們一家四口以步行的方式，到台北車站「台北新世界」逛逛。無意間，映入眼簾的竟是「宜蘭米粉羹」幾個斗大的字，此一攤位立刻讓我眼睛為之一亮，即使剛剛才吃過女兒建議的迴轉壽司已有飽意，不過我還是忍不住叫了一碗來吃，這對平日在飲食上節制得宜的我，是十分罕見的。我想我的妥協，主要是衝著這一碗「童年的口味」而來的。

老婆覺得一碗要價六十五元的米粉羹過於昂貴，我遺憾的是，再也吃不出童年的口味了。記得小時候吃米粉羹，真是美味可口，好好吃啊！

這又讓我憶起小時候吃的陽春麵外加一顆滷蛋，真是「人間極品」，遠遠勝過我在晶華吃過的牛肉麵，以及喜來登的黃魚麵。

猶記當時，只有在生病期間，才有機會吃到父母親買回來的陽春麵，平常的日子是吃不到的。或許如此的緣故，儘管生病是難熬的，可是陽春麵卻是掩蓋痛苦最佳的期待。

不知是口味變了、生活變了，或是人變了？現在的米粉羹、陽春麵，竟再也吃不出童年的口味了。

早起

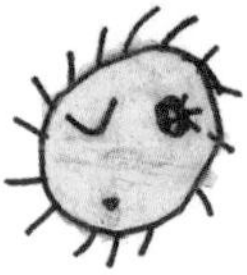

我不喜歡早起。

每當需要早起外出演講或主持活動時，有一個人比我更早起，那個人就是老婆。

她必須在我起來之前，準備我的早餐，泡好茶在我的保溫杯裡，然後再協助我如廁、盥洗、出門等。

無論我多早起，老婆都要比我更早起一點。

要早起的前一個晚上，老婆和我通常都睡不好，睡不好的原因，是怕睡過頭了，即便定了鬧鐘。因為我們就遇過鬧鐘故障不響的情形，最後以十萬火急的速度來追時間，害得細胞不知死了多少。

夏日裡，要早起比較容易，寒冬裡，要從暖暖的被窩爬起，實在是一種折磨，若是又必須要早起，那真是一千個不願意、一萬個不願意。

以前，七點起床就算是早起，自從女兒念小一後，七點以前已經不算早起了，因為那時候，老婆已經起床了，雖然我身體尚未起床，但意識已經醒來。

我曾有幾次在寒風刺骨、冷冽逼人的天候早起的經驗，一次是在台北富邦銀行公益慈善基金會的安排下，以顧問的身份，陪同心智障礙者選手，去日本長野參加冬季奧林匹克運動會。那是二〇〇四年二月份的事情。

一次是今（二〇一一）年一月底，參加鴻海集團在大佳河濱公園舉辦「愛在花博，慈善嘉年華」活動。那一次除了早起，早起之後，還要在活動中為混障綜藝團開場的表演節目，擔任主持人。

在戶外十度左右的低溫下主持，我只不過是將羽絨衣脫去，穿著毛衣、戴著圍巾主持，都不斷地在哆嗦，在喊冷。而團員卻穿著單薄的表演服，或跳舞或唱歌，我在想，換成是我，大概會冷到唱不出歌來。

曾經聽復康巴士司機說，有一位視障朋友，每天固定預約清晨四點半的復康巴士去游泳，不論盛夏或嚴冬，他從未間斷。因為早起，鍛鍊了他的體魄，培養了他的恆心。

每次早起時，我都會告訴自己，這不是經常的事情，而是偶一為之，忍忍就過去了。但奇妙的是，因著如此的激勵，讓我做了一場又一場的演講，主持了一個又一個的活動。

寫日記

持之以恆地寫日記超過二十年，寫到現在，連我自己都不得不佩服自己。如此培養而成的恆心與毅力，做任何事情，想要不成功都難。

如果筆是刀的話，那麼日記就是磨刀石，將我手上這支筆，越磨越鋒利，寫出來的東西越來越流暢。所謂「多讀胸中富，勤練筆生花」，寫日記是鍛鍊文筆最好的試金石。

我有許多投稿報紙的文章，就是從日記中整理出來的，一篇篇的文章，最後集結成冊，至今我出了四本書。每天都會發生一些觸動我的事情，每天都會有一些像小精靈般的靈感，來敲我的心靈之門，於是，我的日記彷彿網子一樣，將所有的東西一一網羅而住。

二十一世紀，人類面臨三大疾病的威脅，第一是癌症，第二是愛滋病，第三是憂鬱症。愈是科技發達的國家，罹患憂鬱症的人就愈多，最大宗的便是工作壓力所造成。現今的憂鬱症，真的是如影隨形地跟著人們，若是掉以輕心，很容易就會被其附身。

像我這樣的重度障礙者，生活起居幾乎都是假人之手，慢慢地形成了逆來順受的個性。所幸有了寫日記的習慣，讓我每日所累積的情緒和工作的壓力，透過寫日記有一個抒發的出口，不致抑鬱成疾。

若是白天我遇到一個不可理喻的人，為了展現我的優雅和修養，我不便對他說ＸＸＸ，然而到了晚上我寫日記時，我便可以不顧形象，無所顧忌的對那個人說ＸＸＸ，甚至連他的祖宗十八代都可以問候一下。

日記也扮演我們夫妻溝通的一座橋梁，有時在有限的語言無法表達，而她又不想跟我說話時，日記便適時地搭起溝通的橋。由於老婆有「監看」（說「偷看」不好聽）我日記的習性，因此才能達到如此的效果。

曾幾何時，我發覺寫日記還有一種好處，那就是讓孩子「有樣學樣」。每晚臨睡前，當我在寫日記時，女兒也有樣學樣地在一旁寫日記。她念幼稚園時，根本不會寫字，於是就以畫畫的方式來寫日記，現在她已經小二了，就用會的國字搭配注音來寫日記。據悉，她在班上的作文成績，都是最高分的。這印證了西哲的一句話：「教育無他，榜樣而已。」

說了這麼多，你是否心動了，願意和我一起拿起筆寫日記。剛開始寫日記時，我也不知道要寫些什麼，甚至寫著寫著就易變成「流水帳」了。這只是一個過渡期，寫久了就不會如此了。

像我現在寫日記或文章，不需要什麼「醞釀」，只要一支筆，攤開一張紙，下筆有如神助，一發不可收拾。這就是拜日積月累寫日記之賜。

現在的我，若是一天沒有寫日記，就會覺得渾身不對勁，好像餓著肚子沒有吃飯一樣。我想這是一種心靈的飢渴吧！

為了讓自己的生活不空過，生命不留白，現在就讓我們一起來動手寫日記吧！

我的輪椅走在北海道

利用清明節連續假期，我們一家三口，還有老婆的姐姐淑玲，和我的乾女兒勻勻（淑玲的女兒），外加混障團員林秀霞，展開了五天四夜北海道之旅。

一大清早，亮亮自動起床，這是不同於以往的上學日，總要三催四請，因為今天是她期待已久的北海道之旅，終於來臨了。亮亮在刷牙時問我：「爸比，你有沒有記得帶一樣東西？」

「是什麼東西啊？」我問。

「是快樂的心啊！」她回答。亮亮的記憶力超好，我說過的話她總是能牢記於心。

但是在去機場的高速公路上，發生了一件事情，讓我們似乎很難快樂起來。那就是我們所搭的機場接送車爆胎了，這是我出國二十多年來，第

一次遇到如此糟糕的事。

不幸中之大幸，高速中行駛的車子遇到爆胎極有可能翻車，然而，我們卻躲過了翻車的厄運。另外，還好是在距離南崁交流道不遠處爆胎，我們才可以在約莫五分鐘車程下交流道，等待公司派另一輛車子來救援。若是在距離交流道極遠處爆胎的話，那麼我們是否能順利搭上飛機，那就是個問號了。

只能說是有驚無險，為此，我們不能讓我們快樂心的火苗熄滅，或許擁有快樂心的人，較容易被幸運之神眷顧，化險為夷。

上午十時十五分，長榮航空班機帶我們飛往北海道，經歷三小時十四分鐘，於日本時間下午二時二十五分抵達札幌新千歲空港。導遊趙桑表示，這是新落成的機場，是之前舊機場的十倍之大。

今日只有一個行程，就是去北國馬牧場，這裡可以騎馬、坐馬車等。亮亮好興奮啊！因為這兩樣她都玩了，還留下「馬上英姿」。我們花了一千元日幣，買下了這一張照片留念。

原以為此行看不到雪，我們很幸運看到了雪，而且是舉目所望大片大片的雪。匀匀表示，能夠大步地踏在雪地上，就已經不虛此行了。

北海道的遊覽車，第一個階梯的高度，不像東京遊覽車那麼高，老婆揹我下車，就不那麼困難了。豈料，出國前老婆的背部出現疼痛，什麼時候不背痛，偏偏這時背痛，所幸她的背痛還挺得住，我的擔心似乎釋放了不少。

晚上十點多，她們都去泡湯了。泡湯是男女分開的，我們一行六人，只有我一個男生，其他都是女生，所以就沒有人能帶我去泡湯。其實，有沒有泡湯，我並不在意，我在乎的是「在一起」的感覺。我知道此行會有一些不方便玩，或不方便去的地方，就像今天騎馬、坐馬車，但我只要能夠和老婆、女兒在一起就夠了。

只要能夠看見她們玩，陪著她們玩，即使有些地方我無法玩到、看到，我還是心滿意足。但願老婆泡完湯後，能夠讓她氣血通暢，背部盡快康復。而亮亮、匀匀、淑玲、秀霞，都是第一次來北海道，祝福她們玩得愉快。

下雨，是旅遊中極掃興之事。

由於下雨的緣故，第一個行程地獄谷，我未下車。聽老婆說，九年前，我們第一次來北海道，是參加凌華科技公司的旅遊，她記得我們也來過地獄谷，我記得我好像也未下車，只是不記得是否是下雨的關係。

就是這麼巧，九年前第一次來地獄谷，我未下車，九年後第二次造訪地獄谷，我依然未下車，只能說我和地獄谷無緣吧！

老婆為我帶來的雨衣派上了用場。那是更久之前買的，專屬坐輪椅者使用，就像是上理髮廳時的那條塑膠布，將整個人和輪椅覆蓋著，只外露一個頭而已。這雨衣是從日本買回來的，日本人的研發精神令人感佩。

導遊趙桑介紹了日本的一種罐裝清酒，只要在清酒底部突出的地方按下去，一分鐘左右，清酒就會自動加熱，最高溫可達四十度，好神奇啊！這就是日本人的研發精神。

下午，搭了三個多小時的車程抵達函館，上次我們未安排此一行程。

由於雨勢未歇，只得取消搭纜車一覽函館「千萬夜景」的機會，這是美中不足之處。但願明天不要再下雨了。

老婆的背痛已有改善，這要比不下雨來得更重要。或許昨晚亮亮去和淑玲、勻勻睡，她們睡和室房，而我們要求睡洋式房，如此，老婆揹我上下較為方便。她自己睡一張床，應該是睡得不錯，故背痛獲得了紓解。

北海道的氣溫，室內與戶外相差超過二十多度，戶外是冰天雪地，室內因為有暖氣的關係，格外溫暖，甚至讓老婆覺得有些燥熱。旅遊第二天，我已逐漸適應戶外的天寒地凍了，這對於怕冷的我，是多麼重要啊！

陽光，是老天賜給旅遊者的禮物。

旅遊的第三天，太陽出來了。上午第一個景點是女子修道院，我們這一團共有三十八位團員。有的逛賣店，有的在拍照，唯獨我在曬太陽。大老遠地跑來北海道曬太陽，會不會有點太奢侈了。

上午都在函館一帶逛，包括女子修道院、五稜郭、朝市等。即使有太陽，還是冷冽逼人、風如刀割，若是沒有太陽的地方，如同走在冷宮一般。沒有太陽照射的雪是灰白色的，宛如遲暮的老者，有了太陽，就變成亮白色的，彷彿活力充沛的年輕人。

中午的午餐，在大沼國家公園內吃石狩鍋，鍋裡燉著白菜、蘿蔔，主食就是鮭魚。吃什麼都是其次，在天寒地凍的氣候裡，能夠來上一碗熱騰騰的食物，就能吃出幸福的味道。

就像昨晚，老婆將飯店裡的小茶几，放在深深又窄小的浴缸裡，克服障礙又戰戰兢兢（深怕滑倒）地，幫我洗了一個熱水澡。洗完後，通體舒暢，全身洋溢著幸福的能量，這是以往洗澡極少有的感受。

以往在外住宿的旅遊，不是有弟弟同行，要不就是有男志工協助，即使浴室的障礙重重，但洗澡仍不是問題。然而此行只有老婆一人獨挑大梁，所以當突破層層困難時，即便洗澡對一般人乃微不足道之事，對我卻是大大的樂事。或許這就是所謂「沒有經過嚴霜的橘子不甜，沒有經過奮鬥的人生不美」。

許多人知道我去過二十多個國家旅遊，都充滿了羨慕之情，卻少有人去探究，每一次的旅遊對我都是一大挑戰。試想，從搭乘飛機，上下遊覽車，乃至洗澡這樣的事情，對一般好手好腳的人，都是輕而易舉之事，但對於端坐輪椅之上重殘的我而言，每一件事情都是有待突破的障礙。

晚餐，我面對著落地窗外洞爺湖的美景，享受著美食時，我在想，若是今天我被人視為勇者的化身，或是輪椅小巨人的美譽，其實，這不是我一個人能做到的，而是在我背後有許多的人，像家人、師長、朋友、志工等，是他們成就我的一切。

這就是為什麼，當我得知混障團員林秀霞想去北海道是她夢寐以求之事，我才會找她加入我們的家庭旅遊行列，這麼做無非是為她圓夢，也是讓自己能為週遭親朋好友做些回饋。

願我的感謝，如同洞爺湖的湖水，流入每一個曾經助我一臂之力的人身上，祈祝他們健康、平安。

下雪了。

上午在造訪第一個景點羊蹄山時，下雪了。是否我眼花看錯了，時序已經進入初春，連導遊趙桑都直呼怎麼可能下雪呢？然而，真的千真萬確下雪了。

能夠在地面上，看見大片大片未溶的雪，已經夠叫人興奮了，想不到竟然還可以讓我們遇到下雪，實在是喜不自勝。從匀匀踏在雪地上時，她就已經覺得不虛此行，如今又巧遇下雪，那就更值回票價了。

中午時分，我們來到小樽運河。九年前，我和老婆曾來過這裡，並在此留下倩影。這張照片曾在許多報導我們的電視節目裡出現過，令人印象深刻。九年後，我們又舊地重遊，而且選在相同的地點，又照了一張相片。不變的是，老婆穿的紅藍色外套，和九年前完全一樣，改變的是，九年後，我們多了一個愛情結晶，所以下一張照片，就是我們一家三口的合影。

午餐時，簡直不敢相信的是，出現了大雪紛飛，林秀霞high到最高點，跑到戶外在雪中飛舞跳躍，即使大雪使得她披頭散髮，像個瘋婆子似的，她卻樂不可支，匀匀和亮亮也很high，因為這是她們第一次看見下雪。

導遊趙桑表示，他從未見過如此的情形，又出現太陽又下雪，極不尋常。或許老天體恤我的行動不便，出門不易，所以祂讓我們在幾乎不可能下雪時，出現下雪。

就像我第一次去阿里山，就看到了日出。據說有人去了五、六次阿里山，仍未瞥見日出。儘管我不良於行，可是我卻比別人多了許多幸運，因為老天經常助我一臂之力。

今天，是在北海道的最後一夜，明天就要結束旅遊，回到溫暖的家，有不捨也有期待。

第一次遭遇爆胎、第一次到北海道、第一次騎馬、第一次看見下雪等，對亮亮、勻勻、淑玲、秀霞而言，這許多的第一次，組合而成這次美好的旅遊。對我而言，老婆的背痛，一天比一天好轉，我的憂慮一天比一天消除，平安才是我認為旅遊最完美的因素。

寒冬隨想

今年的冬天特別冷。冷的時候，再遇到下雨，就更冷了。台北今天下了一整天的雨，昨天也是如此。前幾天我去台中主持活動，台中的天氣陽光普照、風和日麗，台灣根本不大，但光是北部和中部，就是截然不同的天候形態。

雨一直下著，下久了，有人的心房就會開始發霉，有人的憂鬱症就會蠢蠢欲動。我總會轉念地告訴女兒，下雨是為了滋潤大地，是為了幫花草樹木洗澡。或許花草樹木好久未洗澡了，雨才會一直下著。

下雨時，最好的去處，就是待在家裡。待在家裡，有人在睡大頭覺，有人駐足電視機前，有人玩電腦，我則在寫我的網誌，然後和大家分享。我認為分享的快樂，是加倍的；分擔的憂傷，是減半的，誠如莎士比亞所說：「甜中加甜，不見其甜；樂中加樂，才是大樂。」

農曆年前，台股衝上九千兩百多點，許多投顧分析師開始喊出「萬點不是夢」。農曆年後，台股開紅盤，連跌四天，下挫五百五十多點，每位股民的財產平均蒸發了十六萬元，此時，就再也聽不到有人高喊「萬點不是夢」了。原來所謂的「專家」，就是「專門騙人家」。

晚上去吃晚餐，火鍋店客滿，我們轉去小籠包店，結果小籠包店客滿，我們又轉去吃義大利麵，結果義大利麵店客滿，最後只好到了欣欣大眾美食街，才終於有了座位。我心想，景氣真的復甦了嗎？

我有一句「劉格言」，叫做「人生唯一不變的，就是變；人生唯一確定的，就是不確定。」這句話告訴了我們人生無常、生命危脆。早年我在教廣播班，考試時出了一題送分題，請同學寫一句我的「劉格言」，結果有同學就寫了這一句，不過，他把變化的「變」，寫成大便的「便」。

這實在讓我啼笑皆非，想送分都很難送出去，因為意思完全不一樣了。變化的「變」寫成大便的「便」，試問這位同學的人生會好嗎？當然最後他的廣播成績也是不好的。

誰會料想到，我三歲罹患了小兒痲痺，成為必須仰賴輪椅行動的重殘者，九歲那年，離鄉背井地住進了台北市立廣慈博愛院，一住就是十三年。而最戲劇化的就是在我四十歲那年，讓我從一無所有變成一無所缺。如果殘障對我是一種不幸的話，那麼幸運的是，我遇到了幾位改變我一生的貴人。

二〇〇五年二月底，我以台北富邦銀行公益慈善基金會董事兼顧問的身分，參加了台灣特奧團，去日本長野參加冬季特奧會。面對零下十度的低溫，差一點凍死異鄉。如今每每面對寒流的來襲，我都會轉念地告訴自己，長野零下十度的低溫都撐過了，台灣零度以上的低溫又算得了什麼。就這樣，我度過一波又一波的寒流。

保險公司常喜歡說的一句話，「明天與意外，不知道哪一個會先來」。面對人生的「變」與「不確定」，最好制敵的方法，就是珍惜當下，把握現在。

不知今年的夏天是否會特別熱？

他竟插我的隊

全球各地每年有一百萬人死於自殺，五百萬人有自殺的傾向，而在台灣，每年有三千八百人死於自殺。

我常說，若是依一個人的遭遇、障礙、辛苦等，來選擇自殺、放棄生命的話，我絕對是排在自殺隊伍的前面。

在影星張國榮自殺的那一年，我寫了文章在報紙發表，文章的開頭我寫著，張國榮有名有利，可說是名利雙收。另外，他長得也很帥（和我不相上下，嘻），集一切「優勢」於一身的人，很難想像他會以「自殺」為他的人生畫上句點。

文章的最後我寫著，當百年之後我作古了，若是在某一個時空遇上張國榮，我會重重地罵他一句話：「你怎麼可以隨便插我的隊。」（若是有哪一個人比我早走，可以幫我帶這句話給張國榮嗎？）

試問，以我重度殘障的身軀，在生活起居皆需假人之手，我是否較一般人更有條件和權利去自殺？

在我面前只有兩條路可以選擇，一條是趕快去自殺，一條就是活著，而且精采的活著。所幸我選擇了後者。

那一天facebook的「劉格言」——「世界最容易做的事就是，放棄；最不容易做的事就是，不放棄」。針對這句話，我有感而發地寫下這篇網誌，與大家分享和共勉。

不要告別式才見

我們要常見面，不要告別式才見。

那一天下午，前往內湖三軍總醫院懷德廳，參加好友胡昭安父母親的告別式。

他的爸媽相隔兩個星期，相繼而逝，似乎這是夫妻倆人之間的一種牽繫，一種約定。我是第一次參加同時兩位亡者的公祭。

對於在世者，不知這是一種加倍的傷痛還是便利？加倍的傷痛是，同時失去兩位摯親；便利的是，原本需要叨擾親朋好友兩次，現在合併為一次了。

前來參加的人很多，有立法委員、市議員、公司的老闆、扶輪社的大老等，可以說是一個肅穆又風光的告別式。只是往生者都看不到這些，看不到這一切，這是身為子女的一份孝心。

我聽見有人互相寒暄：「好久不見了。」這讓我想起，常聽到親友這樣的電話對話，「過些時候，我們聚聚嘛」、「找個日子，我們見見面」。然而時候卻一過再過，日子卻一找再找，仍無法聚聚和見面，最後只有等到告別式才見到面，只是無法聚聚了。

告別式結束後，我立刻殺回板橋家看看爸媽，陪陪兩位老人家喝喝茶、聊聊天、吃個晚餐，直到晚上十時才回家。

生命無障礙

我為我的雙腳祝禱

有句話說：「百無一用是書生。」對我而言，全身上下百無一用的地方就是我的「雙腳」。我的腳與熱度「絕緣」，而且也與大地「無緣」。

今年的冬天格外寒冷，冷氣團一波接著一波來襲，團團圍住的不是我的身體，而是我的雙腳，每每凍得像「冰棍」一樣。到了半夜，在暖暖的棉被加溫下，身體已是熱呼呼，雙腳仍是冷冰冰，若非藉助熱墊暖腳，通常都是到了快天亮，腳才會溫熱起來。

相較之下，即使炎炎夏日是那麼的酷熱難耐，我還是比較喜歡夏天，因為只有到了夏天，我的腳才「有溫度」、「有知覺」。

由於罹患小兒麻痺症，從三歲那年開始，我的雙腳就與大地無緣。每每有機會去海邊玩時，我都會將雙腳放在沙土上，好好的、盡情的與大地「續緣」。

一般人的雙腳有跑跳、走路的功能，而我的雙腳卻是形同虛設的「裝飾品」。但有一年，我的腳不慎折到，讓我痛到哀號了足足兩個多月。

這讓我十分納悶，既然我的腳已經功能全失，為什麼對於疼痛的感應力還是如此強烈？這似乎不公平，好事沒它的分，壞事就有它，按說功能少，疼痛也應該減少一點才對啊！

我曾經抱怨，殘障的雙腳讓我無法有一百八十公分的身高（我的兩個弟弟都有這麼高），殘障的雙腳讓我無法像劉易士那樣賽跑、像貝克漢那樣踢足球、像高銘和那樣去挑戰喜馬拉雅山。

可是，如今我不再像從前那樣「哀悼」雙腳，而願意「祝禱」雙腳。即使有殘缺，畢竟它是我身體的一部分，陪我度過五十多個年歲。於是，我細細的撫摸自己枯瘦無力的雙腳，給它「惜惜」。

感謝我的雙腳，願它能無災無難的陪我「走」完人生的道路。

我的舒活時間

以前每週一次，現在每週兩次，我都會前往位於羅斯福路三段，一家叫做「回家」身心平衡工作坊做按摩。由於我能做的運動幾乎等於零，但要「活」就要「動」，所以我才藉著按摩這種被動的運動，來做保健。

話說三年前的那個農曆春節，我發覺以往我可以坐在輪椅上十二個多小時，都不成問題，所以我才會以「坐家」自居。然而那段時日，我竟坐不住了，每坐四、五個小時左右，我的屁股就會痠痛不已。

我知道這種情形如果這樣下去，我「坐家」的頭銜勢必不保，一但無法成為「坐家」，就難以外出工作，經濟來源就會因此斷炊，這是很嚴重的問題。

過年後，我便開始詢問醫院有關復健問題的事宜，是否可以改善我「無法久坐」的狀況。當時我還未想到「按摩」一途，直覺地認為「復健」應該可以解決我的問題。

就在此時，我接獲一通電話，來電者叫做「郭淑瑛」。她是一位視障者，我以前教過的廣播班的學生，好幾年未和我連絡了。她表示，她現在從事保健按摩的工作，希望能為我做「義務」按摩。

我說無需義務，我還是要付錢，我向來就有「使用者付費」的觀念，而且這個錢我也付得起，不致對我經濟上造成任何壓力。再說，我怎麼可以占一個視障者的便宜，這是她付出勞力賺的辛苦錢。

然而身為基督徒的郭淑瑛堅持這麼做，她說這是她的「負擔」（這是基督教的用語，就是「使命」的意思），她希望藉著按摩延長我的生命使用期，好讓我能夠幫助更多的人，做更多有意義的事情。她如此的對我肯定，令我感動萬分。

她表示，如果我不能配合她的「堅持」，那就請我另請高明，到別的店去按摩。當時我確實有此需要，而一時間也不知該找誰按摩，來解決我無法久坐的困擾。我心想，不如先答應她，日後我再想辦法「補償」她。

就這樣，我開始了每週一次，一次兩個小時的保健按摩。我這個人就這樣，要嘛不做，一做就會持續不輟，因為只要有恆心地做下去，久而久之，就能見到成效。如今這個保健按摩，我已經做了三年多，也保住了「坐家」的頭銜。

郭淑瑛的按摩，手法細膩，輕重因人而異。像我就不適合力道過重，否則，我這把老骨頭就會散了。每每按摩後，通體舒暢，每一個細胞都活躍起來，而心靈也彷彿被洗滌一般。

本以為自己做了不少公益事業，後來慢慢地得知，郭淑瑛之前在新竹的誠正中學，現今在桃園的女子監獄，以及關心萬華地區的流鶯，她都默默地在當志工，在做服務。有時候，還捐款幫助受刑人。

相形之下，我覺得自慚形穢，因為我所做的公益，是有收入的，而她所做的公益，完全是義務的，無給職的。所以後來我再也不敢稱自己是在做公益，只能說做公益是我的工作。

我極少佩服過什麼人，而郭淑瑛就是我佩服的人之一，在我心目中，她宛如台灣之光陳樹菊阿嬤一樣了不起。令人肅然起敬，拍掌喝采。

我的內在世界起了化學變化，這種變化應該叫做「反省」吧！為什麼當我擁有愈多時，我願意付出的反而愈少。郭淑瑛擁有的並沒有我多，可是她付出的卻比我多。

她對於來她店裡按摩的身心障礙朋友，不論有錢或沒錢，一律都有優惠，她認為這樣可以讓事情簡單化，她就不需要花時間去了解，某某人有錢或沒錢了。

每個星期，她會抽出兩個半天，暫停工作，去桃園女子監獄服務收容人，去萬華地區關懷流鶯。我還看過她借錢給更生人解決困難，就像陳樹菊阿嬤捐錢去行善一樣。

這就是為什麼，每每按摩後，我不但通體舒暢，心靈也獲得洗滌，因為郭淑瑛讓我見賢思齊，讓我行善之路有了標竿。

於是，我開始有了「回饋」，既然郭淑瑛堅持不收我的按摩費，那麼我就從請她吃飯做起，然後是送她禮物，到之後的每個月固定捐款給她，讓她統籌運用，去幫助她認為需要幫助的人。

泰戈爾曾說：「在現實生活，我是貧困的，然而在心靈的世界，我是富有的。」

在郭淑瑛的身上，似乎就印證了這句話。

現今我已經可以久坐，而屁股不再痠痛了，但我還是固定地去郭淑瑛那邊報到。有人問我為什麼不休息一段時間，我告訴他們，對於健康應該抱持著「預防勝於治療」，平日的保養很重要。不是等到身體不舒服了，才去運動，而是經常保持運動，這樣身體就不容易生病了。

我的專屬牙醫師

三月下旬，牙齒隱隱作痛了好幾天，我一直不敢去面對，害怕治療，更怕拔牙，我還在奢想，會不會過幾天就不痛了。然而牙痛並未逐漸好轉，反而越來越痛，於是，我吃了秤砣鐵了心，決定長痛不如短痛，勇敢地去面對，即使拔牙也在所不惜。

我發覺牙痛比殘障還難受，殘障只是行動不便，但牙痛痛起來卻是要人命。如此的痛楚如果持續下去，四、五月份來臨時，我有二十多場活動要主持，一定會大受影響。

其實，我有我的「專屬牙醫師」，有什麼好怕的。

我都是在位於民生東路二段的嘉新牙科看診，近七十歲的李武弘牙醫師，他就像我的「專屬牙醫師」一樣。好久未去給他「看」了，他一定會責備我，為什麼快一年了都不來保養牙齒，直到牙痛才來找他。按照他的說法，最好每隔半年要去洗牙一次。

李醫師是個有愛心的人，我不知道他對其他的殘障朋友是否如此，至少他是不收我的掛號費。我硬要給他，他堅持不收；他甚至「愛屋及烏」，連我的老婆和女兒就醫，他也不收掛號費，有時還送我們一些保健牙刷。還有做假牙，也是有優惠的。

記得有一次，我在牙科附近的小餐館，和基金會的工作夥伴吃晚餐，剛好碰到李醫師也來用餐。等我們吃完飯要去付帳時，老闆說已經有人幫我們付過了，一問之下，才知道買單者就是李醫師。

最讓我感動的是，拔牙之前，必須照X光，他擔心我離開輪椅坐其他的椅子不穩，容易跌倒，所以就扶著我，陪我在X光室一起照。每每想到此，我就會感動地想落淚，他真是一位仁心仁術的醫師啊！

我住的附近也有牙科，我之所以捨近求遠，長期在李醫師那裡看診，並非只是因著他的愛心，可免收我們的掛號費，主要還有他的醫術精湛，像他今晚看了我的左上方最後一顆牙齒，他認為這顆智齒快蛀光了，留下來治療只是平添疼痛，乾脆拔掉好了。

他先在牙齦注射麻醉藥劑，然後進行拔除的工程。神奇的是，從打麻藥到拔牙，只有三分鐘而已，可說是快、狠、準，更重要的是，完全不痛。果不其然，當這顆牙齒拔下來後，幾乎已經蛀黑了大半以上。

今晚，女兒在我之先，也拔了一顆牙齒，她很勇敢，不但未哭，還笑笑的。之後輪到我拔牙，我更是「輸人不輸陣」，一副毫不在乎的輕鬆狀。若非李醫師的醫術高明，我是無法如此輕鬆的。

我一直在想，如果李醫師退休了，我該上哪裡再去找我的專屬醫師。李醫師表示，他會為他的病患服務到他做不動了，才會退休，他也放心不下他的病患。所幸，老天很恩待他，到目前為止，他的身體都還很硬朗。

在我的週遭經常會出現一些貴人，李醫師就是其中之一。在此，我不僅要感謝多年來，他對於我牙齒的照顧與愛心的付出；我還要感謝被拔除的這顆智齒，感謝他陪伴我數十個年頭，如今它終於可以功成身退了。

10
20
30
40

我的四物丸

如果不是為了站在舞台上帥氣好看，我才不想去看診呢！

我在警察廣播電台主持節目十八年，這一段歲月，我都是躲在播音室的麥克風後面，不見影像，只聞聲音，可說完全靠「嘴巴」吃飯。自從離開警廣這兩年多，我經常在舞台上演講或主持活動，所以除了嘴巴之外，還需仰賴「臉蛋」，這就是為什麼我要去看診了。

這一陣子，左眼眼尾浮出了一些紅疹，不知道是如何造成的？我在想，不知是皮膚過敏還是細菌感染？本來是想讓它自然好，但是都過了一個多月，仍未康復，所以才去馬偕醫院就診。

按說如此的小病，只要在附近的小診所就醫即可，不需要跑去大醫院看診，這樣才不會浪費資源又浪費時間。然而距離我們家，最近的不是小診所，而是大醫院。

皮膚科的醫師表示，我的症狀應該是濕疹。他不到三分鐘，就完成了我的看診。不過，等看診的時間，等拿藥的時間，我的一個「上午」就泡湯了。

這就是為什麼，我不喜歡看病，除非是大病，關乎生命的，才不得不去看病。像一些小病，譬如發燒、咳嗽、流鼻水等感冒，我都是藉著「多休息、多喝水」，讓它自然痊癒。

由於不常進出醫院，當老婆推我去等候領藥時，我才發覺領藥的大廳門庭若市，比菜市場還熱鬧。其實，醫院的生意好，並不是一個好現象，這代表國人普遍缺乏健康，象徵著一種國力的衰退。但這多少也反映了健保制度的某些缺失，造成民眾看病的氾濫。

感謝老天，自從讓我罹患了「小兒麻痺症」這種大病後，就極少進去醫院了，甚至像感冒這種小病也很少得到。

讓自己少生病，你就會比別人多出許多時間，這些時間就是邁向成功，制勝的法寶之一。至於要如何減少生病，一個是規律的生活，所以我可以晚睡，卻從不熬夜；還有就是三餐的飲食正常，不暴飲暴食、不飲酒過量、不吃過多油炸食物……

另一個就是保持樂觀的心。曾有醫學刊物報導，人在心情快樂開心時，透過顯微鏡看到的細胞是圓潤的、飽滿的，如此的細胞免疫力較強，就不容易生病；而當心情難過沮喪時，細胞是呈現扭曲、扁平形狀，此時，病毒或細菌就較容易入侵體內，造成生病。

慈濟有所謂的「四神湯」——感恩、知足、善解、包容，而我有我的「四物丸」——笑、不生氣、正面看、放輕鬆，這些都是延年益壽、長命百歲的萬靈丹。

125 我的四物丸

三十八公斤的體貼

在我的身上有一種指數，從年輕到中年的現今，始終維持良好的紀錄，正所謂一路走來始終如一。那就是我「三十八公斤」的體重。

如此的紀錄保持者，對於輪椅族是一種「異數」。由於坐在輪椅上的人，能夠從事的運動極少，加上長年累月端坐輪椅之上，代謝功能又不好，自然而然就會肥胖起來。因此，才有「十個輪椅者九個胖」之說。

為了遠離肥胖，我的因應之道，就是在飲食方面的節制。我是一個重度障礙輪椅者，能夠做的運動幾乎等於零，既然無法運動，那麼對抗肥胖就只有飲食一途了。

要和自己的口腹之慾拼輸贏，不是一件容易的事，這並非短時間之爭，而是漫漫的長期抗戰。首先，我必須吃得少，再來就是和油炸食物成為拒絕往來戶；在喝的方面，我只喝白開水或茶水，年輕人愛喝的各式各樣飲料，我已經可以做到無動於衷的地步了。

維持三十八公斤的體重，不單是基於健康的考量，更多時候，是為了減輕照顧我的家人，尤其是老婆的負擔。像我上下床鋪、蹲馬桶、洗澡等生活起居，都需要老婆的協助。

有人問我，如果老天爺願意給我一天的時間，讓我可以像一般人一樣地四肢正常、行動自如，我最想做哪一件事情？我回答「抱老婆上床睡覺」，藉以回報辛苦照顧我十五年的老婆大人。

感謝復康巴士

小陳是復康巴士的司機。

說到復康巴士，就是那種有升降梯的車子，服務的對象是身心障礙者，舉凡就醫、就學、就業，乃至個人的聯誼活動等，都可以預約復康巴士的接送。

這是各縣市政府委外「公辦民營」的業務，以台北市為例，目前由台灣租車和伊甸基金會兩家經營，車輛約一百二十部，居全國之冠。

即使如此，在僧多粥少的情形下，經常有人預約不到車子，復康巴士炙手可熱的火紅程度，與「小黃」經常空車載不到客人的景象，形成強烈的對比。

小陳訂婚喜宴那天，我還沾沾自喜地以為，我能成為他受邀名單中的一員，表示我的人緣不錯，已從「乘客」身分提升為「朋友」關係。豈料，那天出席了不少他的乘客。

其實，我偶爾才會搭到小陳的車子，其他的乘客也是如此，想不到他將我們這些乘客，都當成了他的朋友。當天，只收紅包袋，而不收紅包袋內的禮金，他還真是和我們「搏感情」啊！

該感謝的人應該是我們，尤其是像我這樣的重度肢障者，藉由復康巴士的接送，再也不需像以前外出時，須有家人或朋友的陪同和協助，才出得了家門。如今的我，套句楚留香說的話：「千山我獨行，不必相送。」可以更有尊嚴地來去自如、活出自己。

每每有公司團體想要大筆捐款時，我會建議捐贈復康巴士，因為這是現今解決障礙者「行不得也」問題，最實際有效的做法。

用行動來愛台灣

下班時刻，老婆推著我的輪椅，帶著三歲的女兒，與一群人擠在捷運之中。捷運車廂內所有的位子都坐滿了人，在搖搖晃晃的車行中，眾人突然間都彷彿變成了盲人，視而不見一個三歲的小娃兒站在那裡，沒有人站起來讓位，大家的屁股似乎都被緊緊地黏在座位上。

廣播中傳來這樣的內容：「各位旅客，請發揮愛心，讓座給老弱婦孺或行動不便的朋友……」這個時候，眾人又突然間變成了充耳不聞的「聽障朋友」。

就在此時，有一位中年婦人站起來讓座，從她臉上抽動的肌肉與不協調的手腳動作，立刻看出她是一位腦性麻痺朋友。老婆十分感謝地婉拒了，因為她比女兒更需要這個座位。

下了捷運，我們往電梯的方向走去，豈料到了電梯口，早已被所謂

「正常人」早一步地搶先入內，凝望著擠滿人的電梯，我心想大家都行動自如，為什麼不使用手扶梯、將電梯留給更需要的人搭乘。

就在我「望梯興嘆」，準備等待下一班電梯時，突然有一位拄著手杖的老先生走出電梯，示意讓給我搭乘。我充滿感謝對他微笑著說：「謝謝，不用了，您坐吧，我等下一班。」

這年頭，最流行的一句話就是「愛台灣」。想想，捷運車廂內，許多好手好腳、最方便讓位的人，卻沒有一個人願意起身；應該是讓行動障礙或老弱婦孺優先搭乘的電梯，卻擠滿了四肢健全的人，見到真正需要的使用者，卻沒有一個人願意離去。反倒是讓一個腦性麻痺患者、一個步履蹣跚的老者，發揮了禮讓的同胞愛。

我認為真正的愛台灣，就是發揮互助的同胞愛，關懷這片土地上，每一位曾經與你擦肩而過相識或不相識的人。然而有太多人的「愛台灣」僅是口頭上說說而已，而這位腦性麻痺朋友與這位老人，卻以具體行動表現出了愛台灣。

無障礙舞台

那一晚，讓人眼睛為之一亮。地點是在台北市立圖書館總館十樓國際會議廳，我受邀主講張老師基金會主辦的「活出愛」講座。讓我感到振奮的，並非滿場的觀眾與演講結束後聽眾的肯定與稱讚，而是我看到了具有「無障礙設施」的舞台。

我經常四處演講或主持活動，接觸過許許多多、大大小小的舞台，這是我在台灣第一次碰到具有無障礙設施的舞台，也就是舞台旁原本是階梯的地方，改成了斜坡；像我這樣的輪椅者，可以直接從觀眾席登上舞台，而不需繞到後台去，或是被抬上舞台。

現今已有少數的後舞台，注意到無障礙的設施，像前不久我去青少年育樂中心，主持「小可樂果劇團」的公演，後台就有一個給予輪椅者上下舞台的升降梯。

早年在三峽主持過一場活動，當地演藝廳居然具有無障礙設施，且相當於日本的規格。想不到地處一個鄉鎮地區的演藝場所，居然能帶給我如此的「驚豔」。

我曾隨同廣青合唱團赴日演唱，日本許多演藝廳的舞台，就類似市圖的舞台，且較市圖設計得更寬敞、美觀。本想發出「日本能，為什麼台灣不能」的感慨，如今來到市圖，又想起早年在三峽的演藝場地，不免令人感動不已。

但我又要問：為什麼市圖能，乃至小小的三峽地區能，然而其他大部分的演藝場所都不能？

這也就是為何我會常在廣播或提筆為文大聲疾呼，因為人未必會變成殘障者，但終有一天一定會變成行動遲緩的老人，尤其台灣已邁入高齡化的「老老國」，無障礙設施的需要就更迫切了。

就像日本的地鐵已有百年的歷史，台灣的捷運是近幾年才興起的都會設施，如果我們能夠宏觀而有遠見地早些年興建捷運，相信對於台灣的交通疏導、經濟發展，一定帶來更多的助益與繁榮。無障礙設施又何嘗不是如此。

演藝場域的無障礙，只是大環境無障礙設施的一部份，目前台灣連大環境無障礙設施都不夠完善，遑論其他。

然而，無障礙環境是現在不重視，日後就會後悔的事情。因為來去自由的無障礙空間，你我都需要。

無礙與無愛

我喜愛到國外旅遊，即使是端坐輪椅之上，仍然各國趴趴走，現今已經去過二十多個國家了。

我喜歡旅遊，除可將山光水色盡收眼底，山珍海味吃進嘴裡，還有個目的，就是考察每個國家的「無障礙環境」做得如何？

暑假期間，我去了一趟東京與上海，這兩個同樣都是現代化大都市，然而在無障礙設施方面，卻有天壤之別。在東京，輪椅可說是暢行無阻；但在上海，所到的許多景點，輪椅必須仰仗四個人幫忙，彷彿「抬花轎」般進出。

東京，此行最重要的是要帶小孩去迪士尼樂園玩，迪士尼已經去過幾次，可是這次印象最深刻，甚至近乎感動地是玩「巴斯光年」，這應該是新的遊樂項目，因為上次（四年前）來的時候，還沒有玩過。

大部分的遊樂設施，都必須離開輪椅到專屬的遊樂車上，然而搭坐「巴斯光年」，卻可透過一個緩緩降下的斜坡道，將輪椅直接推進遊玩的車裡。一想到人家的用心，儘可能地讓障礙者有機會參與其中，怎不教人動容？

再說上海，在香港轉機時，我所搭乘的中國東方航空，竟要我簽一份「切結書」，內容是說：若在飛行過程中，我個人發生任何傷亡，或造成其他旅客任何的傷亡，公司概不負責。

當時，我憤慨地恨不得扮演恐怖份子，把飛機給炸掉，這根本是漠視人權，將殘障者視為「瘟神」。

後來，繼而一想，去跟一個極權國家談「人權」，這不是很可笑的事嗎？我只好乖乖就範，自求多福了。

現今，有許多人仍有錯誤觀念，認為「無障礙」設施只獨厚少數身心障礙人士，如此不符經濟效益。其實，這樣的想法實在大錯特錯，殊不知國內已進入「高齡化」社會，這是許多國家所共同面臨的問題；而許多年長者會出現行動不便情形，這時便需要「無障礙」環境的配合，否則這些老人將難以走出家門與社會接軌。試想，殘障者加上年長者（現今，殘障人口約一百萬，六十五歲高齡化人口約二百五十萬），這樣的人數還不夠多嗎？

有人說，看一個國家的國民教育，要看他的公共廁所。同樣地，一個國家的文明指標，不是看國防的船堅砲利，也不是經濟的蓬勃發展，而是在於社會福利做得如何，而社會福利的具體表現就是「無障礙環境」了。

登上長城 無障礙？

不到長城非好漢，到了長城真遺憾。

多年後，我再度登上長城。記得第一次是去八達嶺的長城，幸運地遇到幾位解放軍，他們發揮了祖國的同胞愛，四個人像抬轎子一般的將我抬上了長城。此次去的是慕田峪長城，主要是聽說慕田峪有纜車可以乘坐上長城，然而去搭纜車的路上，以及下了纜車之後，障礙重重，一步一艱辛，家人光是推著我的輪椅走了一段斜坡，就已汗流浹背、氣喘吁吁了。

最後，不得不花錢請兩位「苦力」幫忙，我才有機會登上長城當好漢。然而即使有「苦力」相助，坐在被抬起來的輪椅上一點也不好受。一來，如坐針氈、險象環生；二來，頭不知該靠在那，所以脖子好酸啊！

多年前去瑞士，搭纜車登上鐵特力士山賞雪，同樣是坐纜車上山，可是人家可以做到完全無障礙，也就是從山下到山上，無障礙設施十分完善，不需任何人力的搬抬。這就是一個國家「文明」的表徵了。

我將瑞士之旅的經驗告訴了這兩位苦力朋友，表示國外的無障礙環境做得非常好，若是長城也能夠考量無障礙設施，將嘉惠行動不便的人士，相信一定會帶來更多的人潮。

他們笑著告訴我說，萬里長城建於秦代，那時候哪有無障礙設施這樣的理念。於是我又將我去法國凡爾賽宮、羅浮宮的所見所聞與他們分享。羅浮宮與凡爾賽宮都是歷史悠久的古蹟，可是人家一樣在後來設計了無障礙的空間，不但未破壞古蹟的原貌，更展現了對弱勢族群的關懷。

慕田峪長城是明代朱元璋手下大將徐達，在北齊長城遺址上督造而成。二〇〇〇年它被評為全國風景名勝區先進單位，二〇〇一年通過ISO9002國際質量管理體系和ISO14001國際環境保護體系認證。

不知ISO認證是否有無障礙設施的考核？我想應該沒有。若未來的ISO認證，能將無障礙空間列入考核，那麼無障礙環境的推動一定會在世界各國展開一次「大躍進」。

兵馬俑成了兵馬桶

號稱是「世界第八奇蹟」的兵馬俑特展，我也躬逢其盛。

我是滿心期待來看特展的，因為錯過了這次，就要花錢買機票到大陸西安或是下一站展出的大英博物館觀賞。然而，我的期待變成了失望，由於主辦單位國立歷史博物館並未有效地做人數的管控，在無限制的放行之下，現場儼然成了人聲鼎沸、擠來擠去的菜市場。

史博館的展場原本就小，加上湧入大批人潮，一般人都移動不易，遑論像我這樣的輪椅族，就更寸步難行了。更可笑的是，每一個人看到的都是一樽樽古意盎然、令人歎為觀止的兵馬俑，可是，我看到的卻是擋在我面前人群的一個個「屁股圖」。

在誰也不讓誰的情況下，我必須等好一陣子，人潮散離後，我的視線才能從「兵馬桶」變成「兵馬俑」。有人問我對於觀展的心得感想，我告訴他們，我從未看過那麼多的屁股，同時出現在我的眼前。

這是一次毫無心情與品質的觀展。與其這樣，我寧願搭飛機到國外去觀賞。

不知主辦單位辦理如此的特展，所抱持的目的為何？是為了賺錢獲利，或是為了提升民眾的藝術涵養。

但是，就我的所見所聞，這樣的亂糟糟、人擠人的景況，根本不像是在藝術殿堂，而是走馬看花、毫無養分可言，似乎對民眾的藝文氣息難有助益，甚至有可能使得有些人，從此對於類似這樣的展覽產生負面的影響，望之卻步。

一〇〇年的跨年

不知道從什麼時候開始，在跨年晚會上，仰望著夜空絢爛的煙火，進行著倒數計時，已成為跨年的代表特色。如同端午節吃粽子，中秋節烤肉，農曆春節大人發紅包，小孩領紅包。

自從二〇〇三年一〇一大樓落成後，不但成為台灣的新地標，也成為施放煙火的最佳地點。後來逐漸地在台灣的幾個大都市，都開始以放煙火來慶祝跨年。今年一〇一大樓的煙火秀，請到國際爆破專家蔡國強來設計規劃。

跨年的這一天，許多人不是去參加跨年晚會看煙火，要不就是去狂歡一番，然而我卻足不出戶地成了一天的「宅男」。

為什麼沒有安排任何的跨年活動，或是去看這位知名爆破專家的煙火秀呢？

記得有一年，我們全家去國父紀念館附近的大樓，觀看一〇一大樓的跨年煙火。看的時候興高采烈、驚叫連連，然而回去的時候，卻是敗興的開始。

人擠人的捷運，我們根本擠不上去，於是老婆推著我，帶著女兒，頂著刺骨的寒風，邊走邊叫計程車。令人匪夷所思的是，一路上我們竟叫不到任何一輛計程車，願意停下來載我們，大家就像逃難般地搶著計程車，我們哪搶得過這些好手好腳的人們啊！

女兒從原本跟著走，後來累到跟我坐在輪椅上，最後又累到在我的輪椅上睡著了。

當我們叫到車子回到家時，已是凌晨三點半多。這是一次慘痛的回憶，日後每當有人相約去看煙火時，我都會分享如此的經驗，告訴他們除非已安排好回家的「退路」。

我在香港看過維多利亞港口的施放煙火，去北海道看過他們慶祝節日的煙火，加上曾看過一次一〇一大樓的跨年煙火秀，我已經心滿意足了。

那天晚上，亮亮的大阿姨說要帶她去看煙火，她竟然婉拒了，以往她是極少拒絕大阿姨的邀約。女兒表示，她要跟我們在一起，進行跨年的倒數計時。這孩子還真貼心呢！

午夜十一時五十九分，我們一家三口手疊著手，一起倒數計時。十、九、八、七、六、五、四、三、二、一，然後大聲說出「新年快樂」。

能夠和家人，或親朋好友，或心愛的人等一起跨年倒數，即使是看著電視畫面上的煙火，都是一種幸福。

國寶要走了

「國寶」一詞，不是我自抬身價，而是趙前總台長說的。

那一年，警察廣播電台推薦我角逐「十傑」，因而當選全國十大傑出青年，至今這份榮耀，仍成為電台獨一無二的紀錄保持人。之後，我榮獲廣播金鐘獎，以及大大小小的獎，實在是「獎不完」。這裡，要感謝警廣的栽培。

是故，每每有外賓來電台參訪時，只要我在電台，趙前總台長就會把我叫過去，在外賓面前將我的「豐功偉業」細說一番。似乎我的出現，可以讓人對電台的印象加分，甚至多了一道光環。

如今，國寶要走了。我在意的不是減少了一份收入，或是失去了一個舞台，因為以我目前在其他方面的收入，是電台主持酬勞的好幾倍；再說舞台，每年我演講與主持活動，約有一百場次。甚至足跡跨洋過海到國外，登上國際舞台。

我在意的是，從此弱勢族群在警廣少了一個發聲的管道、展演的舞台。這是十分令人遺憾的。

或許有人會說，電台的其他節目還是有訪問一些弱勢族群，但我認為這畢竟只是「點綴」，不同於我的「使命感」與「代表性」，因為「感同深受永遠不等同於切身之痛」。

可能又會有人問，難道一定要由劉銘來主持嗎？其他的身心障礙朋友不能取代嗎？

當然可以。只是，我認為一個深耕十八年的節目，得獎無數、成果豐碩，若要從新開始，未免可惜。

先來分享兩個例子吧。

話說有一位自稱說是和我「同類」的小姐打電話call in進來，本以為她是口誤，不是「同類」而應該是「同宗」，所以我就一直喊她劉小姐。豈料，最後我才搞清楚弄明白，她不是劉小姐而是陳小姐，所謂的「同類」，指的就是和我一樣都是身心障礙者。

陳小姐和我聊得很愉快，她說她是鼓起勇氣打這通電話的，她聽我節目已經很久了。我問她為何不避諱地告訴我是「同類」，言談之間，感覺她能與我「同類」，是一件光榮的事情。

另有一位患有「亞氏伯格」自閉症的聽友，他每次打電話進來或是透過電子郵件，都會告訴我節目太短，讓他聽得不過癮，是否可以延長節目時間？

這十八年來，類似這樣的例子比比皆是；我知道有許許多多身心障礙朋友，都在聽我的廣播，他們幾乎都不是用路人，根本不需要「路況」，可是他們為什還是願意繼續收聽警廣？

我想是一種「陪伴」吧！因為我和他們有相同的遭遇、相同的感受、相同的心情。我說出的每一個字、每一句話，都不是清談的大道理，而是能打入他們的心坎裡。這更是一種「認同」吧！

感謝宅心仁厚的唐陶，願意將他的節目時段切割一個單元給我，與我一起搭檔，他連單元名稱都想好了，叫做「哥倆有銘唐」。

電台就是有一些同事，像唐陶如此地情義相挺，這也是叫我依依不捨之處。

但我心領了，說是「寄人籬下」過於沉重，只因為這樣做，整個「fu」（氛圍）都不對了。

聯合國在一九七五年頒佈《身心障礙者人權宣言》，宣言中第十點提及，身心障礙者有權利獲得避免於被剝削、歧視、虐待，及劣質的對待和保障。

二〇〇六年十二月的聯合國大會，提出了《身心障礙者權利公約》，要求為促進、保護和確保實現身心障礙者所有人權和基本自由，充分平等享有，並促進對身心障礙者的固有尊嚴的尊重而努力。

因此，電台在訂定「人力採購案」辦法時，未能將有關身心障礙者之節目予以保障，而開放公開招標，這是一種遺憾。難道人權至上，不及採購案來得重要嗎？以致讓弱勢族群的人權被採購案踩於腳下。儘管後來沈總台長十分挺我，極力補救，但還是無力可回天。

以我現今的資歷、能力，外加知名度，我若要轉戰其他電台，相信一定會有不少的電台展開雙臂歡迎。其實，這是電台的損失，警廣辛苦培育我十八年所建立的「活廣告」，卻要拱手來讓給他人，實在可惜。

最後，我要感謝在警察廣播電台的十八年裡，所有曾經對我推過輪椅的手，和「給我抱抱」的人，謝謝您們的有情有義、支持照顧，我會「銘」感五內。

離開警廣之後

人生有許多的句點，都不是自己可以掌控是否能夠劃上。

原本希望在警廣主持節目的工作，能夠做滿二十年時，功成身退地劃上句點，豈料，在十八年的時候，就有人為我劃上了句點。因此，想歸想，希望歸希望，最後還是由不得自己。

離開的原因，不是因為電台實施了「採購法」，而是「陰錯陽差」的疏忽，我不想怪罪電台，尤其在離開電台兩年後，再來回顧此事，反而覺得這是一種「美麗的錯誤」。

至於喜歡八卦的人，一定會好奇的想知道，所謂的「陰錯陽差」到底是怎麼回事？我想事情都過去兩年多，就沒有再提的必要了。我還聽過一種說法，這是我在臉書上看到的，那就是我是電台「惡鬥」下的犧牲品。

離開電台時，許多人最關心的是我的生計問題，也就是沒了這份收入，未來該怎麼辦，妻小該如何溫飽，日後還會再走廣播這條路嗎？

我比較親近的朋友都知道，廣播工作是我所有收入最小的一部分。以前在廣青文教基金會擔任執行長（現今董事長），現在為凌華教育基金會的執行長，所以「基金會」才是我主要的工作，主要的收入。

像我經常在外演講和演出（主持活動），有時一場演講或演出的酬勞，就是我在電台一個月的薪資。

因此，我在外演講時，會對懷有「廣播夢」的年輕人說，廣播只能當作興趣，無法當作職業，除非你是單身，省吃儉用、縮衣節食尚可勉強度日，若是要養家活口，可能就會辛苦備至。當然商業電台不在此限。

其實，離開警廣後，我並未離開「廣播」這個平台，我仍然在台北看守所立德電台主持節目，今（二〇一一）年已邁入第四個年頭。該電台是國內監所裡的第一個示範電台，是以教化收容人為主，若是效果不錯的話，有可能擴及到其他的監所。

立德電台的聽眾有三千多人，利用晚上的一段稱之為「靜默時間」收聽，他們不能走動，不能做任何事，而必須乖乖地聽我主持的節目。所以這三千多的聽眾是確知的，而不像警廣的聽眾，不知他們在那裡，人數有多少？

另外，十分感謝警廣的同事唐陶，他在他的節目中，為我開闢了一個叫做「哥倆有銘唐」單元，每周二下午現場連線，分享我的「劉格言」。如此讓我的聲音不至於在警廣的頻道消失，我可是「人退聲未退」。

離開警廣後，我有更多的時間經營混障綜藝團。帶著團員出國演出，帶著團員每年有大小百餘場的演出，以致榮獲「法鼓山2010關懷生命獎」團體首獎，獎金三十萬元。連花博都邀請混障綜藝團在大佳河濱公園行動巨蛋，做了六場的演出，據他們的主管表示，我們的演出場次，在所有表演藝術團體中，算是排前三名了。

離開警廣後，讓我的演講場次不減反增，而邀請主持的活動也與日俱增。如今我可以放心大膽地接通告，再也不需為電台節目的請假而困擾，而覺得不好意思了。

在警廣擔任節目主持人有一個好處，那就是儘管收入不多，但知名度累積得很快。我曾經擔憂，是否離開警廣後，我的知名度也跟著消退，後來才發覺，「凡走過必留下痕跡」，這十八年來，早已將我的知名度牢牢地鞏固住，並不會因著我離開警廣，就不是「金鐘主持人」了。

當初進入警廣，製作主持國內第一個由身心障礙者服務身心障礙者的節目，所肩負的使命感，就是希望讓障礙者有一個展演的舞台，發聲的管道。如今這個節目沒了，可以服務障礙者的地方，仍比比皆是。

之前，希望在我主持廣播節目滿二十年，功成身退地劃上句點，是因取其「二十」這個整數，然而現在想想，難道「十八」就不是整數嗎？其中還有我的幸運數字「八」呢！

有些時候，自己計劃的，不如老天安排的好，只是在當時無法看透，因此，與其抱怨，不如坦然接受。因著這個「美麗的錯誤」，反而帶給我更多的成就。

打碎台灣文明的人

近日，桃園縣八德國中的霸凌事件，被立法委員揭露後，在媒體一連串的報導之下，使得該校校長被桃園縣政府強迫撤換。之後，許多的校園霸凌事件，如「寒流」般一波波來襲，一波波沁冷人心。

所謂「霸凌」，就是強凌弱，大欺小，多數人宰制少數人。只有在一個社會越來越不文明時，如此地以「拳頭」來代替「舌頭」的事件，才會層出不窮地出現。

想不到校園霸凌事件的戲碼才剛剛下檔，熱度才逐漸退去，緊接著社會霸凌事件又持續上演。在一百年跨年夜的當天，名模王聖芬的老公劉表（本名劉奕），以暴力痛毆一位弱勢的身障者。

如此的社會霸凌事件，被媒體披露後，立刻造成嘩然，群起公憤，一片撻伐。即使加害人公開表示道歉，然而那一副仍不時地為自己辯解，缺乏誠意的道歉，任誰也無法接受。

爭取殘障者人權、促進殘障者福利的殘障聯盟秘書長王幼玲，痛批如此的行徑不是人。這的確不是身為「人」應有的行為，只有「畜牲」才會有如此的以暴力壓迫、拳腳相向。

所幸，今日被害人陳姓身障者，已挺身出面向警察局作筆錄。他表示，他無法接受對方的道歉，將訴諸法律途徑來處理此事。還好他沒有逆來順受、忍氣吞聲、委曲求全（這是身心障礙者常有的做法），否則這事件會讓大家胸悶氣結。

我們的那個年代，還存在著「盜亦有道」，江湖中人即使是黑道人士，是不打女人、小孩、殘障者等弱勢族群的，若是欺負了這些人，就會被人恥笑、唾棄，稱為「俗辣」（台語），以後就別想跟人家出來混了。然而現今的社會，「俗辣」一大堆，處處可見，「盜亦有道」早已經蕩然無存了。

我自己也是一位身障者，當在新聞畫面看見如此的霸凌時，發覺每一拳都宛如打在我的身上，讓我痛徹心扉、窒息難耐。加害人揮出的每一拳腳，無疑地是將台灣的「文明」，打得支離破碎、四分五裂。

台灣會有今日的霸凌亂象，其實不難想像，由於在國會殿堂不時地演出肢體衝突的暴力行為，於是上梁不正下梁歪，大家變得上行下效、有樣學樣。這樣的霸凌現象，於是走入了社會，踏進了校園，乃至於家庭。

今年中華民國邁入建國一百年，我認為這一百年代表的只是台灣在硬體建設的現代化，然而在軟體的文明方面，還是停留在茹毛飲血的原始時代。如何讓文明能夠迎頭趕上，品德教育與生命教育的加強，是刻不容緩的。唯有如此，才能減少「打碎文明」的人。

公益之賊

近日媒體報導，之前阻擋救護車的「中指男」發表一封公開信，對於自己的行為深感「愧疚與後悔」，願以擔任志工做公益，來彌補過錯。

說到「公益」，讓我想到前不久剛結束的五都選舉，某位候選人落選後，記者問他未來有什麼計畫，他回答「做公益」，公益成了這位政治人物的「下台階」。試問：這位政治人物在位有權有資源時，他都不做公益，怎麼可能下台時，愛心大發做公益呢？根本是瞪眼說瞎話。

某位藝人酒後駕車，被媒體披露後，那位藝人表示，他將以「做公益」來作為補償。什麼跟什麼嘛，公益成了一種「贖罪」的祭品。如此的心態，儼然就是汙衊公益。

有一群學生觸犯了校規，老師要求他們以「做公益」來替代處罰，公益成了一種「處罰」的工具。試問，這些學生長大後，誰會主動發心地去投入公益的行列。在他們的心中早已深植「我又沒有犯錯，為什麼要去做公益」的想法。

「做公益」，本是一件神聖、高尚的事情，卻被這些人糟蹋，貶得一文不值，成了負面的教材。可是卻鮮見有人，對這些人的說法和作法提出抗議，為「公益」說幾句公道話。

於是愈來愈多的人，假藉公益之名，行斂財之實；有人用公益做包裝，來達到其不為人知的目的。公益成了許多詐騙集團的糖衣，公益繼續地被人踐踏著，只要公益一天不彰，社會的亂象就會一天不滅。這些人都是「公益之賊」。

「能夠付出是一種福氣，懂得付出是一種智慧」，這是已故作家也是伊甸社會福利基金會創辦人劉俠女士說的一句話。這是對於公益的召喚，而非流於一種口號。即使現今的社會，讓「公益」受到諸多扭曲，但我仍要以德瑞莎修女的話語，與大家共勉——你今日的善舉，人們經常會在明日忘記，但不管怎樣，還是行善吧！

混障不打混仗

混障不打混仗

本綜藝團節目型態有歌唱、樂團、默劇、輪椅舞，以及特技表演等；身為團長的我，常戲稱自己是混障一號……

什麼？「混障」綜藝團？

每每在我介紹這個團體時，總會讓人以為我在罵人或搞笑。光是用聽的，的確會使人有如此的錯覺，但看了文字後，就會恍然大悟，甚至會心一笑。

「混障」就是「混合不同障別」之意，包括肢障、視障、聽語障、脊椎損傷等。為何是「綜藝團」呢？因為節目型態十分地多樣性，有歌唱、樂團、默劇、輪椅舞，以及特技表演等。

這是我多年來的一個心願，希望成立一個「跨障別」的演出團體。於是，召集了不同才藝的佼佼者，多數的人都曾登上國家音樂殿堂演出。我的期許是：在舞台上，只有音樂的成績，而沒有同情的分數。

團隊成立後，我們並非進軍演藝界，而是走入學校、醫院、監獄、軍中等地，藉著精湛的才藝，以及障礙者的生命故事分享，讓大家學習「突破困境、珍惜生命」的精神，進而能夠建立自信、重新出發。

我堅信，這是一支宣導「生命教育」的奇兵。

這些年，我們參與金鴻兒童文教基金會「少年耶！讚哦！」活動，走入校園；加入台北富邦銀行公益慈善基金會「頌愛到監獄」活動，配合國泰人壽慈善基金會「熱血沸騰、愛心滿分」夏日捐血活動等。這些都是混障綜藝團洋洋灑灑的歷史。

二〇〇七年七月間，混障綜藝團更受到泰國仕紳羅陳真先生之邀，前往曼谷的學校、監獄、教會、殘障教養院演出。九天十七場的表演，儘管馬不停蹄、十分地辛苦，但團員們都深感意義非凡。

這是一次成功的國民外交，讓泰國人看見台灣社會福利的進步，而社會福利象徵著一個國家的「文明」指標。在泰國，大部分的殘障朋友都走不出來，或乞討維生；在台灣，許多殘障朋友不僅可以自立更生，更可以去關懷他人、服務社會。

身為綜藝團團長的我，常戲稱自己是混障一號。我除了擔任演出活動的主持人，且透過我的廣播節目，介紹團員讓更多的人認識，我也負責開發演出的機會。

「殘障朋友不是能力出了問題，而是機會出了問題」，這是我逢人便會說的一句話。因為當你給予殘友一個機會，他便會回饋你一個意想不到的驚喜，在混障綜藝團團員的身上，就是一個最佳寫照。

做一件一輩子想到都會感動的事情

我常會以「經典之作」來形容混障綜藝團的演出，這包括節目進行的「流暢度」，節目表演帶給觀眾的「感動度」，音響器材所呈現出的「清晰度」，時間掌握的「精準度」，以及主持人臨場的「幽默度」，必須要兼具這「五度」，方能稱得上是「五度五關」的經典之作。

二〇一〇年十一月十六至十八日三天，凌華教育基金會與救國團總團部，以及救國團台南縣市團委會、嘉義縣團委會，在台南高商、台南工商、嘉義商職這三所學校，舉辦「心有愛、行無礙——走向生命向陽處」生命教育演唱會。

以往我們只可能在三場演出中有一場經典之作，然而此次從第一場就締造了經典之作，第二場更上一層樓，第三場則堪稱經典中的經典。尤其在第三場演出，當腦麻歌手程志賢唱完〈掌聲響起〉一曲後，全場一千一百多位觀眾起立致敬，掌聲久久不歇。

全場的觀眾，完全出於自發性的站起來，沒有任何地強迫。如此感動的畫面，是我帶領混障綜藝團多年來不下一千場演出，從未有過的經驗。在後台準備出來謝幕的團員林秀霞，早已哭得唏哩嘩啦。

不只是林秀霞感動落淚，相信混障的所有團員，乃至志工，和擔任我們「保母」的救國團總團部蔣專座，也是滿滿地感動。我好希望救國團的最高長官，能夠目睹此一盛況與震撼，讓他們知道他們所支持的此一活動，是正確無誤的，因為這個活動觸動了許多人的心靈之弦。

人生中，若有一件一輩子想起來都會感動的事情，那就無愧於心、不虛此行了。想想這些年，從無到有創造了「混障綜藝團」，從沒沒無聞到現今成為宣導「生命教育」的奇俠，一年約有百餘場的演出，更一舉摘下「法鼓山2010關懷生命獎」團體首獎，獎金三十萬元。

其實，看完這篇文章所帶給你的感覺或感動，絕不及於現場的十分之一，如同有人去看五月天的熱門搖滾演唱會，或江蕙優質抒情的演唱會，他們說給你聽的，和你親臨現場的感受，會有極大的差距。

有一年，我們前往某監獄演出，在接洽時，承辦人員在電話中一副意興闌珊、愛理不睬的語氣，可以感覺到他希望我們最好不要去，免得徒增他的工作量，帶給他一些麻煩。然而當混障綜藝團演出後，那位承辦人的態度有了一百八十度的大轉彎，且誠摯地邀請我們日後再來。

各位看倌，你有多久沒有感動了，若你想給自己一次感動，體悟一下生命的真諦，歡迎撥冗來觀賞一場混障綜藝團的生命教育演唱會，真的，不需要多，只需一場就足夠了，相信會讓你的感動被催化，生命也開始有了變化。

希望之光

從一封陌生的來信，揭開了這一場生命教育的演出。

今（二〇一〇）年中，凌華教育基金會接獲一封e-mail，這是來自雲林縣天主教文生中學訓育組組長王梅詩的信。王組長表示，希望能夠邀請混障綜藝團到學校演出，給這些鄉下的孩子、缺乏自信的孩子一些鼓勵，可是學校的經費十分有限……

的確十分有限，因為估算下來，連高鐵來回的車錢都不夠，遑論演出費、誤餐費、保險費等。

若是安排一、二位團員前往，費用是可以的，然而我不想讓我們的演出縮水，讓他們的期待破滅。

於是，我想到今年混障綜藝團榮獲「法鼓山2010關懷生命獎」的獎金，我們可以從獎金中提撥一部分來支付這些費用。用獎金來做如此的事情，不是更有意義嗎？

不只是活動有意義，我希望讓團員們也參與如此的意義。於是我與團員們溝通，可否這一次的表演費少拿一點，他們也都欣然同意了。在此感謝團員劉麗紅、王蜀蕎、林秀霞、曾冠華、陳濂僑、彭康福，以及志工江羚瑜。

我想這就是一種學習，我們不能只接錢多的演出，而不接有意義的演出。這不僅是凌華教育基金會的責任，但願也能成為團員們的責任，這樣才不枉我們實至名歸地榮獲「法鼓山2010關懷生命獎」。

十月二十九日，這一場由一封陌生的信所帶來的演出，正式登場。面對四百多位學生，團員們賣力地展現精湛才藝與生命故事的分享，歷時一個半小時結束。稍嫌美中不足的是，學校的音響器材十分陽春，所幸瑕不掩瑜。

演出謝幕時，學校校長呂松林再度上台，他激動落淚地表示，他從事教職三十七年，參加過大大小小的活動不計其數，但從未像今天如此地感動。最後他說：「台灣的希望之光就在這裡（指著混障團員們）。」台下立即響起了熱烈的掌聲。

因著如此地感動，學校硬湊出了一些錢，請我們大家吃晚餐，還讓每個人都帶著一份「伴手禮」回家。呂校長更帶著主任、老師們，一路送我們到高鐵站，大家依依不捨、互道感謝地為這溫馨的一天，畫上了美好的句點。

驀地，我瞥見有一道光劃過眼前，我知道，那是「希望之光」。

七月之約

這是我們與台中女監的約定，一年一度的嘉年華會。

如此的約定，要從五年前（二〇〇五年）說起。那年七月的某一天，混障綜藝團來到台中女監舉辦「頌愛到監獄」活動，活動結束後，典獄長劉梅仙深受感動，她認為這樣的活動，對於收容人的教化與矯正頗具效果，希望每年的七月都能舉辦一次，並將我們來到的這一天，訂為台中女監的嘉年華會。

二〇一〇年七月十四日，凌華教育基金會與國泰慈善基金會共同舉辦的「頌愛到監獄」活動，在台中女監登場。儘管劉典獄長已於去年調任他職，但是我們信守承諾，因為這是殘障人與收容人的約定。

早上八時半，混障團員和國泰人壽鄭玉雲會長所帶領的志工團隊，約在國賓飯店集合，搭乘遊覽車前往台中女監。

以往演出的時間，大約都是兩小時，這一次卻延長到兩個半小時。或許有人會說，為何不見好就收，然而實在是收容人熱情如火、欲罷不能。嘉年華就是嘉年華，從頭high到尾，絕無冷場。

視障歌手馬惠美的節目被安排在壓軸，當魏陳良製作的有關馬惠美的小小廣播劇播放時，煞是催淚，光是一開始收容人聽到劇中小女孩叫喊媽媽的呼喚，有些人立刻紅了眼眶，布滿淚水。當馬惠美唱完「甲你攬牢」一曲後，有一位收容人哭到無法自已。我請她上台，問她為什麼哭得那麼難過，她說她想到自己三歲的女兒。我問她什麼時候可以出獄，她說今年。我說出去後，就不要再回來了。她斬釘截鐵地說：「一定。」

熱鬧固然是件好事，但我很害怕熱鬧有餘，感動不足。所幸這些年來，我所累積的主持功力，已經讓我可以做到「笑中有淚、淚中有笑」的地步，這是我最喜歡的感覺與畫面。這次演出又達到了如此的效果，而且是經典之作。

當我們下台和收容人握手、互道珍重時，我看見在我面前的團員劉麗紅，與一位單腳裝著義肢的收容人愛的抱抱，那位收容人早已哭成了淚人兒。事後劉麗紅分享時，她說那位收容人跟她說了一句話：「我好羨慕你們啊！」接著輪到我和這位收容人握手，這位收容人告訴我，她的刑期還有二十一年。一時間，我不知該如何鼓勵她，只長長的吸了一口氣說：「保重。」

這次節目有F4樂團（彭康福、楊振斌、周建宇、胡清祥）、奇異三姝（劉麗紅、林秀霞、王蜀蕎）Nobody舞蹈、陳濂僑默劇表演、馬惠美歌曲演唱。謝謝這些團員，只有九個人，就將我希望的「笑中有淚、淚中有笑」的目標搞定了。

另外，感謝鄭會長帶領的志工團隊，協助團員們換裝、梳頭、化妝、上下遊覽車等。值得一提的是，這次我們又多了一位新志工，她是一位演藝人員，叫做宋宜芳。她是警廣的忠實聽眾，因此和我結緣的。

遊覽車回到台北，已是午夜十時四十分許。一整天下來，相信有些人累了，但相信更多的人，心靈是滿足的，因為施比受有福。

一場沒有生命力的演唱會

沒有了現身說法的「生命故事」分享，會是一個怎樣的情形？

二〇一〇年九月二十四日下午，在台北縣新莊高中，有一場凌華教育基金會與救國團台北縣團委會共同舉辦的「心有愛、行無礙——走向生命向陽處」生命教育演唱會。

原本安排兩個小時的節目，由於學校集合同學的時間較慢，加上貴賓致詞和頒贈感謝狀等稍稍長了點，交到我手中主持時，只剩下一個半小時不到了。

還有就是這次節目排得比較多，我心想，若是讓每個表演者都做生命故事的分享，勢必無法在學校要求的四點十分以前結束活動。除非就是刪節目，那麼該刪哪一個團員的節目呢？

對我而言，每一個節目都是精彩的，每一個生命故事的分享都是吸睛的，在這個時候，要做一些「割愛」，的確是一件痛苦的事情。

於是，我做了一個嘗試，那就是沒有團員現身說法的「生命故事」分享，只由擔任主持人的我，替他們做簡明扼要的背景介紹，就像一般的演唱會一樣，不知會是一個什麼樣的情形？

事後證明，沒有了團員現身說法的生命故事分享，整個活動下來，只有八個字可以形容，那就是「熱鬧有餘，感動不足」。

第一次觀賞如此演出的人，可能還是覺得很不錯，可是像看過十次以上的救國團總團部蔣專座，就覺得極不對勁兒，我想應該就是少了足以讓台下觀眾觸動心弦的「生命力」吧！

經過了這一次的嘗試後，更證明了最初我的設計，才藝表演結合團員現身說法的生命故事分享，是正確的，是缺一不可的。

我想專屬混障綜藝團的特色，就是才藝表演結合現身說法的生命故事分享，以及讓觀眾又笑又哭的「淚中帶笑」。

未來的活動演出，我想我會在節目方面做一些割愛，而最重要的團員現身說法的生命故事，則一定會有所保留。被割捨的節目不是不好，而是整體的考量，團員們必須要有足夠的雅量與成熟，接受自己的節目被割愛，這是需要學習的精神。

我常說「混障不打混仗」，我們打的是一場團隊的戰役，而非著重個人的英雄主義。

誠如哥倫布所說：「人生最大的危險，就是不去冒險。」我很慶幸我做了如此的嘗試，如此的冒險，否則我是不會有這樣的感觸與體會。

我遇見了我的粉絲

行之有年的「少年耶！讚哦！」活動，二〇一〇年十一月四、五日兩天在宜蘭縣礁溪國中與冬山國中登場，這是由金鴻兒童文教基金會與凌華教育基金會共同舉辦。

話說在宜蘭冬山國中的演出，時間是下午一點半至三點十分，面對五百多位同學，學校的主任提醒我們，由於演出後，學生還要上課，希望我們的演唱會能夠掌握時間、準時結束。

此次活動協辦單位救國團宜蘭縣團委會陳組長表示，冬山的學生比較內向、害羞，不像昨天我們去的礁溪國中，學生較為活潑、熱情。我心想，今天的演出是場硬仗。

不知是陳組長的訊息有誤，或是混障綜藝團的演出感動了學生，同學的反應熱情有勁，他們的掌聲，他們的笑聲，不時地迴盪於活動中心之

中，遠遠勝過礁溪的同學。

對於昨天在礁溪國中的演出，無法締造完美的佳績而感到遺憾，豈料，今天在冬山國中寫下了經典之作。人生就是如此地奇妙，當你認為重重困難橫阻在眼前，不可能克服時，反而輕易地就跨越了。或許這就是：永不放棄，就能創造奇蹟。

另外，我遇到了我的粉絲，那就是冬山國中的羅麗惠校長。以往節目要「安可」時，怎麼樣也輪不到身為主持人的我來表演，但這次竟然有人要我獻唱一曲，這個人就是我的粉絲羅校長。

我跟羅校長說，這樣唱下去，會影響學生後面的上課，她說沒關係，我只好恭敬不如從命地唱了一首〈掌聲響起〉歌曲。原來，不只是學生的欲求需要滿足，連校長也要被滿足。哈哈。

演出後，羅校長感動地說要請我們大家吃晚餐，我們婉拒了。當我們的遊覽車啟動時，羅校長宛如追星族的小女生，獨自追隨著遊覽車，從活動中心跑到校門口，不時地向我們揮手送行。

這時，感動轉換場景，蔓延到我們車內，大家隔著車窗，向車外的羅校長揮手致意，且充斥著歡呼，只是她聽不到如此的聲音。

這使我想到有一年，混障綜藝團出國到新加坡演出，結束後，有一位叫做「小光」的觀眾，緊追著我們的遊覽車送行，而且追了好幾個路口，才氣喘吁吁地作罷。

離開警廣的主持工作快兩年，本以為我已經「過氣」了，想不到過去十八年的努力耕耘，如今在我外出演講，或帶領混障綜藝團巡迴演出時，屢屢「遍地開花」。原來，我有這麼多的粉絲，他們並未遺忘我，我的魅力依舊不減。反而因著我的麥克風「出走」，讓粉絲們有更多的機會遇見他們的偶像。嘻！

有句話說，凡走過必留下痕跡。今年是「少年耶！讚哦！」活動邁入第十四年，這十四年來，經歷了許許多多像今天如此溫馨的點滴，存在我們的內心深處，久久不忘。

另一種偶像

每每到學校演出，我都會刻意安排一位同學，協助我進出舞台，以及在幕後的一些大大小小的事情，我稱這位幫我的同學為「小天使」。我這麼做，無非是希望讓同學和身心障礙朋友有近距離的接觸，這也算是一種「生命教育」的學習吧！

二〇一〇年十一月十六日在台南高商，舉辦「心有愛、行無礙——走向生命向陽處」生命教育演唱會，我的小天使是高一會計科的同學，她名字叫做「林佩萱」。

沒想到活動結束我離開學校後，立刻接獲她的簡訊，這是我從未有過的經驗。

以下是我們互動簡訊的情形（林代表這位同學，劉則是代表我）：

林：劉大哥，我是你的小天使佩萱:)，很榮幸可以當你的小天使，你告訴我一些事情，雖然說不能完全體會那種痛苦。那份禮物雖然沒有拿回來，但是我的感動卻是滿滿的，加油。

林：還有話要說，所以又傳一封給你:)，你們大家都很棒，就算有殘缺，還是不放棄，可以幫我跟他們大家說，你們真的都好棒，要繼續加油。我要向劉大哥看齊，不放棄任何事。

劉：佩萱，謝謝妳的回應，我們繼續保持聯絡。

劉：親愛的小天使，早安，祝妳今天一切都好。

林：親愛的劉大哥，早安啊！:) 好的哦，也祝你一切都平安，發現做這種幫忙好開心哦:ɒ（這是眼睛跟嘴巴）。

劉：佩萱，下午我們在台南工商演出，希望也能夠遇到像妳這麼棒的小天使。

林：是南工嗎？我有認識的人在那，我要跟他們說一定要認真看:ɒ，一定可以的（一定會比我更棒的），好人會有福氣的，大家加油，表演出像昨天一樣感動我們。

劉：佩萱，我有唸妳的簡訊給團員們聽，他們對於妳的熱情回應，表示感謝，也希望妳能好好讀書。

劉：佩萱，演出結束，今天的演出和昨天一樣很成功。

林：恭喜恭喜:Ⅲ，我有跟我們班的說，你們要去南工表演，我們都希望能成功，祈禱有用哦！:) 我們班在看的時候都哭了，我有憋到最後喔，但後面就撐不住了。

劉：佩萱，妳忘記拿的禮物，我會補給妳。另外，我還要送一本混障的書給你，並請團員簽名，希望妳會喜歡。

林：禮物沒關係的，會跟大哥說禮物沒有拿，是因為我怕你們最後要整理的時候，多出一份，為你們做解答，並沒有要拿禮物的意思:) 這樣補給我，會很麻煩你們的說。

劉：佩萱，我們在回台北的高鐵上，未來要保持聯絡喔。

林：好的哦！保持聯絡:) 我會去買你們混障的書，然後等待你們下次來再拿給你們簽名。路上一切要小心嘿！混障要永遠傳下去，給大家不放棄的動力，加油，混障團員。

劉：佩萱，你不用去買混障那本書，我說過我會送給你這本書。

林：劉大哥，但那本不是蠻貴的嗎？這樣會很不好意思，而且還有團員簽名，簡直變成無價之寶了。真的好幸運能與你們認識，一定要再來哦！大家都萬分感動:)

遊覽車上，我唸我和小天使互通的簡訊給團員們聽。一來一往的簡訊，我們彷彿情侶般地傳送著，我傳給自己老婆的簡訊都沒這麼多，卻和一個第一次謀面的小女生，有著如此頻繁地「傳情」，我開玩笑地對團員說：「我發覺我戀愛了。」逗得大家哈哈大笑。

這當然是開玩笑的，一個五十歲的老男人，和一個十五歲左右的小女生，怎麼可能迸出戀情呢？

我想她會傳給我這麼多的簡訊，無非是一種「偶像崇拜」吧！不只是對我的推崇，也是對每一位團員精采演出的讚賞，只不過是由我一個人概括承受。

沒想到身心障礙朋友，也能成為別人的「偶像」。如此想來，並非只有現在的藝人阿妹、周杰倫、五月天等人可以成為偶像，像我們這種另類的「異人」（異於常人）也能夠成為人家的偶像，這儼然開啟了生命教育的另一章。

直到今日，依然會接到我的小天使簡訊，而我也一直與她保持聯絡。

觀眾最少的一場演出

每一場不同經歷的演出，都在拼湊混障綜藝團和我自己的演出版圖。

二月十五日的晚上，在竹南后厝龍鳳宮假日活動廣場，搭起了一個舞台，舉辦「揚眉兔氣慶元宵」活動，邀請混障綜藝團擔綱演出。節目有F4樂團（彭康福、周建宇、楊振斌、胡清祥）、輪標舞（林秀霞、曾冠華）、陳明偉的扯鈴、輪舞天使任文倩、布農族女高音馬惠美歌唱等。

豈料，演出前下起了雨。

我心想，舞台有搭棚子，演出者不會淋到雨，然而觀眾席未搭棚，這樣會有人冒雨來觀賞演出嗎？其實，不論人多或人少，並不會影響我們的演出，人多或人少，也不會讓我們的演出打折扣。

我還想到，即使現場沒有來任何一個觀眾，但至少會有一位觀眾，而且是一位「貴賓」全程參與，那就是龍鳳宮供奉的一尊高聳入雲的媽祖娘娘。對了，我們就表演給媽祖娘娘看。

鄉下和都市的演出確實大不同，當演出的時間開始時，還有一個團體在彩排，主辦單位也覺得無所謂，滿隨興的。或許沒有觀眾，就讓她們繼續彩排吧，等有觀眾了，再開始演出。

因此，原來預計六點三十分開場的活動，等到七點多才開始。開始並非因為有了觀眾，而是如果等到有了足夠的觀眾才開始，可能永遠都沒有開始的時候。

另一個有趣的畫面就是，當苗栗縣林副縣長致詞時，不知哪一個「白目」的工作人員跑來放沖天炮，隆隆的炮聲掩蓋了林副縣長的說話聲。後來還是林監事出來遏止，才暫停了如此的「鬧劇」。

台下的觀眾，有人穿著雨衣，有人撐著雨傘，冒雨在寒風刺骨、冷冽逼人之下，觀看我們的演出，總共大約只有十幾人。這是混障綜藝團有史以來的演出，觀眾最少的一次，而且演出人員都比觀眾還多。主辦單位苗栗縣大同文康推展協會的林監事，再三地對我們表示歉意，因為觀眾實在太少了。

在混障演出的歷史中，我們遇過在戶外十度低溫的演出（冠軍磁磚的尾牙），沒有電梯要爬五樓階梯的演出（基隆光隆商職），而這次又遇到觀眾最少的一場演出。

每一次的演出，都在累積經驗，激發成長；每一次的狀況，是為了千錘百鍊，讓我們能夠成為舞台上最閃亮的一顆明星。

生命大翻轉

是什麼樣的活動，會讓嘉義市長黃敏惠和救國團主任張德聰，整整兩個多小時，全程參與？答案就是由凌華教育基金會與救國團總團部共同舉辦的「心有愛、行無礙——走向生命向陽處」活動。

二〇一一年四月十四日上午十時，在嘉義高工面對兩千兩百多位師生與貴賓，混障綜藝團所帶來的生命教育演唱會揭開序幕。節目有F4樂團（彭康福、楊振斌、周建宇、陳敦邦）、奇異三姝（劉麗紅、王蜀蕎、林秀霞）、中東肚皮舞、視障音樂家陳敦邦小提琴演奏、聽語障舞者林靖嵐、楊依璇的舞蹈、林秀霞、曾冠華的輪標舞，以及腦痲歌手程志賢的歌唱等。由我擔任主持人。

混障綜藝團長年累積的舞台經驗，和精益求精的認真態度，使得我們要締造經典之作已非難事，甚至更有經典中的經典之作出現。此次的演出，就是最佳的證明，否則，黃市長和張主任就可以公務繁忙，在致詞後就「抽身」了。

最令人動容的是，國內第一位腦性麻痺歌手程志賢，唱完第一首歌曲後，我並未事先告知地邀請廖連喜校長上台，當他和程志賢相互擁抱時，不知賺足了台下多少觀眾的眼淚。而感動萬分的程志賢，差點不由自主地由抽搐變成抽筋。

程志賢國三那年，廖連喜老師鼓勵他參加合唱團，因此，讓他對歌唱產生了興趣，時至今日，他每天都會花兩個小時來練唱。一個說話相當吃力的腦麻者，卻可以像一般人一樣，朗朗上口地唱歌，這就是「久鍊成鋼」的結果。然而，若非廖連喜老師為程志賢開啟了一扇歌唱的門，程志賢就不可能站在舞台上唱歌了。這也是為什麼當他瞥見「生命中的貴人」，會如此地激動，激動到幾乎說不出話來。

說到激動，讓我想到四月十三日下午在瀛海中學的演出，演出後，一位高中同學叫做「郭政緯」，他說他想跟我分享他的心情。他邊哭邊說，他以前翹過家，和同學打過架，今天看完混障綜藝團的演出後，他知道自己以往錯了，他願意開始改變……

這就是「生命教育」的功效，它可以讓一個人來個「大翻轉」，如同股市的「大翻盤」一樣。混障團員很慶幸這些年能夠參與「生命教育」的推動，為此盡一份心力，造就了別人，也成長了自己。我們打破了傳統式的枯燥演講，用生動活潑的精湛才藝表演做催化，以「現身說法」的生命故事做激勵，創造出了國內獨一無二的「生命教育」演唱會。

第一場屏榮中學有一千六百多人，第二場普門中學有三百多人，第三場瀛海中學有八百多人，以及第四場嘉義高工有兩千兩百多人。三天四場的演出，我們在近五千人的心中，撒下了「生命教育」的種子，願他們都能開出「突破困境、珍惜生命」的花朵。

回程的高鐵上，混障團員、工作人員和志工們，許多人都累翻了，呼呼大睡。儘管身體是疲累的，但相信大夥兒內心是豐盈的，因為我們又打了美好的一仗。

「不完全的生命、完全的愛」新馬演出之行紀實

九十七年十月二十五日（星期六）

我不時地以「轉念」來說服自己，來面對內心的爭戰。

我們一行十人，七位混障團員——劉麗紅、林秀霞、王蜀蕎、陳濂僑、卡布達漾和我，三位志工——謝永潭、李國傳和王櫻樺。搭乘長榮航空飛機，於清晨七時四十分準時起飛，因著弟弟劉鎧和弟媳亞陵在長榮航空服務的關係，我被升等到商務艙，而有別於團員們的經濟艙，這是個意外之喜。只是對團員不好意思。

坐我旁邊座位的是長榮資深許機長，和劉鎧是同梯次進來長榮的，他剛飛完洛杉磯的班，而搭這班飛機回他新加坡的家。

或許我是劉鎧大哥的身分，所以在機上不時地與我閒聊，否則，我一個人坐商務艙一定會很無聊。加上商務艙的座位寬敞，可以升降或延伸成

一張床，坐起來十分舒服，四個小時的飛行，並不覺得疲累。

飛行中，駕駛機長特別出來跟我打招呼，不單是劉鎧的緣故，他也是我廣播節目的粉絲。坐在我另一邊的藝人曾國城，相信他一定十分不解，這個重度的殘障者到底是何許人也，連機長都出來向我致意。

這一趟為期十天的新馬之行，出門前，確實有許多的掙扎。一來，就是舟車勞頓，這讓我想到去年的泰國行，最後我都累出病來；二來，我會有十天的時間看不見女兒，看不見就會想念，想念也是累人的。

但木已成舟，生米已煮成熟飯，故我必須以「轉念」神功，來面臨此次的新馬之行。首先，我告訴自己這是工作，為了凌華教育基金會的業績，我必須這麼做。再者就是來新加坡、馬來西亞是我的第一次，就當成是去累積我的出國紀錄吧！

我這樣告訴自己，機會常偽裝成不幸，這個看似「辛苦」的新馬之行，說不定其中蘊藏諸多的「機會」。不入虎穴，焉得虎子。

十一時五十分，飛機降落於新加坡樟宜國際機場。對了，和我們同一班飛機的，還有藝人梁靜茹、五月天團體，其實，我們也是「異人」——異於常人。

新加坡只有新北市腹地般大小，人口約四百多萬，這個城市給人的感覺，有點像是走在高雄市。這個國家的人種以華人占大多數，其次是馬來人、印度人，以及少數的洋人。下午時分，我們去了小印度，因為後天是他們的「屠妖節」，也就是他們的過年，新加坡放假一天。

新加坡的氣候，彷彿重回台灣剛過去的夏天，據悉，新加坡一年四季，都是如此的氣候，只是不像台北七、八月那麼炎熱。

午餐，吃了新加坡的「蝦麵」，還滿好吃的，我也流汗了。想想，這次出國儘管有些勉為其難，但總好過那一年去冰天雪地的日本長野，冷到差點客死異鄉。而且，那次根本不知志工在哪裡，但這次我完全不需要為志工的問題煩憂。

其實，一轉念許多機會就出現了。

九十七年十月二十六日（星期日）

彷彿是電影中的情節，卻活生生地呈現在我們眼前。

晚上在新加坡教會又有一場演出，昨晚是針對大部分的基督徒，今晚則是中國大陸的勞工，約一千多人，座無虛席，連走道都有人坐。

演出結束後，許多觀眾都深受感動，有人和我們握手致意，有人爭相與我拍照。其中，有人一位長髮披肩，身著白色洋裝的女孩，他表示，我在台上說的許多話，讓她十分受用，她會牢牢的記住。

另外有一位年約三十歲，長得高高的、瘦瘦的，頗為清秀的男孩，叫做「小光」。他表示，他看了我們的才藝表演與見證分享後，不只是感動，甚至有一股激動的情緒在心中升起。他說他會陪我們直到最後一刻。

上遊覽車時，我刻意請他抱我上車，他在抱起的剎那，口中唸唸有詞：「主啊！請賜給我力量，讓我能夠抱得起劉弟兄。」我打趣地告訴他，我才三十八公斤，又不是胖子，他一定能抱得動的。

遊覽車緩緩開起，我們向窗外送行的朋友揮手道別，車子開始行駛，豈料，小光竟起跑跟著車子。車內的團員開始鼓噪、尖叫，車子因著紅燈暫停，只見小光跟了上來，號誌變換為綠燈時，他又跟著車子跑了起來。

此時，我們的情緒也隨之激動起來，鼓躁尖叫聲更大了。這彷彿是電影中的畫面，卻活生生地呈現在我們眼前，我不知道團員心情澎湃的程度如何，但我卻是激動得想哭。小光跑到最後無法再跟上車子，他的身影才在大家的目光中，逐漸消失。他真是說到做到，陪我們直到最後一刻。小光表示，相信會有那麼一天，他會來台北找我們的。

光是這樣的一個人，這樣的情景、這樣的感動、這樣的激動，就不枉我們千里迢迢地從台灣來到新加坡、馬來西亞。一切辛苦，都是值得的。

小光只不過是現場立刻「發酵」的一個人，至於其他的人，不知會在某年某月某一天發酵不得而知，相信會有那麼一天的。

九十七年十月二十七日（星期一）

星馬之行的第三天。

晚上在南方學院演出，這是此行的第五場演出，由馬來西亞雙福殘障自強發展協會柔佛分會主辦，採售票方式，票價乃是象徵性的馬幣十元，相當於新台幣一百元，而且買一送一，買一張票可以邀請一個人來。

這應該會是此行十二場演出中，人數最多的一場，約一千兩百多人，同時也是演出場地最大的一次，場地相當於台北社教館那麼大。

雙福是台灣伊甸社會福利基金會的延伸，由曾在伊甸工作的莊如明牧師成立。莊牧師是馬來西亞人，因吸毒進出監獄而成為更生人，就像蘇楷儂一樣。後來不知甚麼原因他來到了台灣，或許是一種逃避吧！

來到台灣後，他幸運地接觸了伊甸，之後又認識了和我一樣是伊甸寫作班同學的肢障者沈秋香，兩人相戀，並結為夫妻。於是他們回到了馬來西亞，秉持伊甸創辦人劉俠關懷弱勢族群的精神，遂於吉隆坡開創了「雙福」，而今晚演出的主辦單位「雙福」，是他們在柔佛的分會。

雙福的意思，第一個福是「福音」，第二個福是「福利」。

這三天的晚上，每當演出結束，在銷售我們的出版品，有文字與有聲

兩種見證集，我們宛如明星一般，有握不完的手、照不完的相、簽不完的名，然後再一起去吃宵夜。回到住宿之處，已經是午夜一時多

九十七年十月二十八日（星期二）

從新山來到居鑾。

好好吃的肉骨茶，以中藥調煮而成的湯頭，十分符合我的味蕾，只是內容不同，有排骨、粉腸、豬肝等，這就是我們的午餐。

午餐結束後，我們從新山出發到居鑾，車程需要一個半小時。據說明天會從居鑾到吉隆坡，車程是三個半小時，這應該是此行搭車時間最長的一次吧！

晚上是在居鑾二小學校演出，約七百五十個位子座無虛席。不知是否因為第六場的演出，我的主持出現了疲態，連著六天，幾乎是相同內容的節目，或許有如此的感覺是在所難免。

尤其，每晚的宵夜，有點吃怕了，每每都要吃到午夜一點左右，似乎

有些辛苦。但團體出來總是要行動一致，總不能有些人去吃，有些人不去吃，再加上對方的盛情邀約，有時候是頗難婉拒的。

我打趣地對團員說，「異人」難為啊！

今晚的宵夜，我主動提出散會，所以較以往時間，早了一小時回到住的地方，如此團員便可以多出一個多小時睡覺。對有些人來說，睡飽比吃飽還來得重要。

晚間打電話回台北，終於和亮亮講到話了。之前的幾次電話，她都不願意和我講話，真是比我還大牌，我一直覺得，女兒在電話中的聲音好好聽，有如天籟。每每聽到她的聲音，有讓我消除疲憊、忘卻煩惱的功效。

老婆表示，昨晚亮亮不乖，老婆罵了她，只聽見她回答：「要是爸爸在就好了，他一定會保護我的。」聽了好生不捨與疼惜。

我也想趕忙回去保護她。

九十七年十月二十九日（星期三）

媒體大幅地報導了混障綜藝團的演出。

清早一起床，人人書樓的工作人員進福哥，就拿著報紙給我們看，《星洲日報》全版報導了混障綜藝團在南方學院的演出情形，圖文並茂地呈現出來，每一位團員的照片都被刊登出來，後來又在《中國報》看見混障的報導。

原本今日的行程是shopping，這也是我們唯一一天未安排演出，而讓團員休閒放鬆的日子，如今卻泡湯了。因為雙福和美門兩個殘福團體，在下午召開了記者會，為三十一日「愛無國界2008殘障藝術交流」演出作宣傳。美門與雙福是吉隆坡的兩大殘福團體，美門成立十三年，雙福成立七年，之前他們互不往來，暗自較勁，而此次混障綜藝團的演出，是他們首次揭開合作，建立友誼的序幕。

本來就應該如此，殘障團體本已弱勢，分則兩害合則兩利，團結力量大。想不到混障綜藝團的馬來西亞之行，竟促成了一樁美事。

若是如此，為了配合這兩個主辦單位所舉行的記者會，而犧牲了我們唯一的一天遊玩日，也就覺得值得了。

今天是我們的志工謝永潭大哥六十歲大壽，我請人偷偷地去買了一個蛋糕，在晚餐時為他慶生，給他一個驚喜。另外，我們故意演了一齣戲，說謝大哥的護照遺失了（所有人的護照都交由某一人保管），好為這個驚喜做煙霧彈。對於護照的遺失，謝大哥剛開始確實有些驚嚇，但是當插著蠟燭的蛋糕，緩緩被端出來，搭配著生日快樂歌時，他的驚嚇變成了驚喜，相信這會是一個令他難忘的六十歲生日。

感謝此行的三位志工——謝永潭、李國傳、王櫻樺，以及照顧我生活起居包括洗澡的團員兼志工陳濂僑，對於他們的協助，分工合作，才使得此行的演出順利、圓滿，如果我們獲得任何的掌聲與讚美，那麼有一半是屬於這些幕後英雄的志工們。

九十七年十月三十日（星期四）

第一次嚐鮮吃手抓飯。

午餐，我們吃馬來人的手抓飯。先在桌面上鋪一片大大的香蕉葉，宛如吃西餐時的餐桌紙，再放上白米飯，幾樣小菜，肉類則是豬、羊、雞，他們是不吃牛肉的，最後在淋上自己喜歡吃的咖哩口味。

手抓飯，顧名思義就是不需湯匙、筷子、刀叉等器具，而是用手來抓這些食物吃，所以吃飯前洗手是非常重要的動作。

我想最早最早的老祖宗，就應該是以這樣的方式進食，十分地原始。由於是嚐鮮，大夥兒吃起來格外有趣，完全顧不得甚麼餐桌禮儀，彷彿小小孩用手抓飯吃的模樣。

志工李國傳不知是否覺得如此的吃相不雅，東西攪和在一起看起來噁心，所以，他還是使用湯匙、刀叉，維持他紳士的風範。

手抓飯吃起來沒甚麼特別的，只是「吃法」頗為好玩，讓我們體驗一下老祖宗最初吃東西的方式，感受或重溫自己小小孩時的情景。

說到小小孩，今日總算買到給亮亮的禮物，一個海棉寶寶與麗紅送的派大星布偶，還有一個小小手電筒，它的燈光可以變換顏色，好像是紅、藍、綠、白等。這讓我想到了我們一家三口的祕密基地——超級變變變。

誰的禮物都可以不去在意，唯獨亮亮的禮物不能忘記，因為這是我跟女兒之間的承諾，不能背信。另外，老婆的禮物，有機會的話，我也會去為她挑選。

午餐後，歷經一個多小時的車程，我們來到了有著美麗名字的城市——芙蓉，晚上在愛恩堂又有一場演出，演出前我跟團員共勉，這是我們第八場演出，但還是要抱持著是第一場也是最後一場的心情。

若是當作第一場演出，你會充滿了新鮮與好奇，絕不會有疲態顯現；若當成是最後一場演出，你會好好珍惜，全力以赴，因為下次不知道還會不會有機會在此演出。

九十七年十月三十一日（星期五）

用藝術搭橋，是殘障朋友與外界溝通不錯的方法。

晚上，在梳邦高峰廣場有一場「愛無國界——2008殘障藝術交流」活動，這是由美門殘障關懷基金會與雙幅殘障自強發展協會共同主辦。

節目內容有美門與雙福殘障人士的表演，主要還是混障綜藝團的擔綱演出，約有一個多小時的節目，現場的觀眾約三百多人。

只不過，無論是新加坡或馬來西亞，這裡的人較缺乏時間觀念，演出從未準時開場。今晚的演出也是如此，故使得混障後面的節目，草草收場，這是美中不足之處。

用藝術作為橋梁，是殘障者讓社會大眾認識與了解的極佳方式之一，不是動之以悲情，而是讓眾人打從心底裡升起一種驚豔和尊重，進而減少歧視和排斥。

若說此行有什麼意義，我想「愛無國界」活動，便是極具意義的事情。台灣和馬來西亞的殘障人士，透過藝術進行交流和觀摩，不但提升了藝術水平，也讓大家對殘障人士有正確和正面的認知。

觀眾中，出現了一位意外之客，她的名字叫做陳愛珠，是和我一起在廣慈博愛院長大的院童。她說她嫁來馬來西亞已有十多年了。這次在報紙上瞥見混障綜藝團前來馬國演出的消息，特別來見見我這位「老朋友」。他鄉遇故知的感覺就是不一樣。

以前，在廣慈看見陳愛珠，覺得她長得高高的，然而多年後的今天再次看見她，怎麼覺得她變矮了。這種感覺就像離開廣慈多年後返回，發覺小時候覺得好大好大的廣慈，怎麼變小了，縮水了。

我想這種改變，是因為我長大了，眼界與世界都擴大了，而不在局限於小小一隅。就像以前殘障者總是處於被施捨的一方，如今我們也反客為主，成為散播歡樂散播愛的一方。這次混障綜藝團新馬「不完全的生命，完全的愛」活動之行，不就是最好的證明嗎？

九十七年十一月一日（星期六）

志工謝大哥請我和陳濂僑吃早餐。

這一趟新馬之行，我們十個人還進行著「小天使與小主人」的遊戲，就是以抽籤的方式，抽出自己的小主人，然後你要不露痕跡地關心、照顧小主人，他只知道有人對他好，但卻不知曉這個人是誰。

這個遊戲會在行程的最後一天揭曉，誰是你的小主人？誰是你的小天使？若是有人未善盡職責，小主人可以責備他、甚至鞭打他，開玩笑的，沒那麼嚴重，畢竟這只是個遊戲，你是否認真或專注其中，就完全端賴你自己了。

昨晚，志工謝大哥告訴我和濂僑，要我們早點起床，他要請我們吃我們住宿酒店的早餐。此行為了節省經費，像這幾天住的梳邦高峯廣場是沒有附早餐的。我懷疑謝大哥是我或濂僑的小天使，否則，怎麼可能動了「慈悲心」，請我和濂僑吃一客新台幣兩百多元的早餐。為此，今天在逛百貨公司時，我買了一個高音譜號的項鍊送給我的小主人卡布達漾，好善盡我身為小天使之職。

人與人之間的關懷、照顧，為甚麼必須建立於「遊戲」之中，難道不進行這個遊戲，大夥兒的關懷與照顧就消失於無形了嗎？當然，也有一些人，即使有這個遊戲，還是無法催化出他們的關懷和照顧他人之心。

明晚，這個遊戲就要揭曉了。我在想，若是揭曉時，我的小天使不是謝大哥，那麼，「天下沒有白吃的午餐」這句話不就被否定了嗎？

九十七年十一月二日（星期日）

下了一場大雨。

晚餐時，下起了傾盆大雨，所幸，我們十二場演出都已經結束，所以，下不下雨對我們就沒甚麼影響了。

聽教會的弟兄表示，馬來西亞一年三百六十五天，有一半的天數會下雨，我們何其有幸，在來新馬的第九天，才出現下雨，可見得上帝是眷顧與祝福這次的新馬之行。

晚上，所有的團員與志工，在酒店我住的房間聚會，分享此行的溫馨點滴與檢討得失，還有就是揭曉「小天使與小主人」遊戲的名單。

結果我的小天使，並非如我之前所預測的謝大哥，他對於這個遊戲完全是在狀況外，根本不知道這個遊戲是要做甚麼？因此，我昨天真的是吃到了「天下有白吃的早餐」。原來謝大哥經常請團員吃東西，包括：水果、飲料、烤物等，所以，他會請我吃一頓酒店豐富的早餐，就不足為奇了，根本和「小天使與小主人」遊戲毫無關係。或許謝大哥已經體會到「能夠付出是一種福氣，懂得付出是一種智慧」這句話。

那麼，我的小天使是誰呢？原來是志工阿樺。我問她，為什麼我都沒有感受到她的關心與照顧，她說她有幫我去倒尿袋呀！我說若是幫我倒尿袋就可以成為小天使的話，那麼這十天中，謝大哥、國傳乃至於濂僑，為我倒尿袋的次數遠遠超過她許多，那這些人更有資格擔任我的小天使。

我要求阿樺必須成全我一個心願，她才算是盡職的小天使，那就是讓我「吸一口奶」（因為她有著大大的胸脯）！這話引得所有人哄堂大笑。

九十七年十一月二日（星期一）

回到了溫暖的家。

清晨五時起床，搭車去馬來西亞國內機場搭機，經過四十五分鐘抵達新山，若是乘車的話，需要四個多小時，下了飛機，隨後再搭車前往新加坡樟宜機場。

不論是新加坡到馬來西亞，或是馬來西亞到新加坡，都必須持護照「通關」，相較於機場的通關慢多了。還好時間都趕得上。下午一時多搭乘長榮航空回到桃園國際機場，已是晚上六時，搭車回到台北國賓飯店集合地點，是七時三十分。

今日一整天都在趕路，搭車再搭飛機然後再搭車。所以早餐是在車上吃的，午餐是在飛機上吃的，晚餐則是讓團員們各自處理。

每個人各自回到自己溫暖的家，也為此行十天新馬「不完全的生命、完全的愛」巡迴演出，劃上完美的句點，留下美好的回憶。

這次若與去年泰國的巡迴演出比較，我個人覺得沒那麼累，去年是十一天十七場，今年是十天十二場，外加一場記者會。

去年我累到發燒三十八度，在返回桃園國際機場時，疾管局差點不讓我過關，而欲送我去醫院就醫。有了去年之鑑，今年我們在行程上作了調整，場次安排就不那麼密集了。

因此，今年我是「完璧歸趙」，身體無恙，出國前擔心的事並未發生。倒是團員林秀霞、王蜀蕎、志工李國傳感冒了，尤其李國傳還多了一項扭傷腰。我想感冒的原因，不外乎有二：其一馬國天氣炎熱，我們經常進進出出冷氣房，極易感冒；其二，每次演出後，都會請我們去吃宵夜，盛情難卻下，都要吃到凌晨一時多才回到飯店，梳洗完畢睡覺時，已是凌晨二時許。在睡眠不足又忙碌的情形下，病毒很容易就侵入體內導致生病，所幸都只是小狀況，不是甚麼大病痛。

最後，要謝謝團員劉麗紅，對於這一次新馬之行，從接洽行程、安排節目、購買機票，以及編著「混障之愛」文字書與有聲書等，都是由她負責，辛苦備至，居功厥偉。在這裡讓我們給她最熱烈的掌聲。

爸爸聽得到我演奏——視障者胡清祥的豎笛人生

絕大多數視障者的工作，不外乎按摩或算命，而胡清祥卻獨排眾議地走上音樂之路。一般人走音樂這條路都備感艱辛，何況是位一出生即全盲的朋友。胡清祥回憶說，他是在高二就讀啟明學校時，乍聞「豎笛」的聲音，當時他形容「這聲音簡直宛如仙樂」。從此，他便一頭栽入豎笛的世界，且如願地考上文化大學西樂系，主修豎笛。

除了哥哥外，胡清祥一家全是盲人。而胡清祥也是家中唯一就讀大學的孩子，父親自是喜不自勝，於是將家中大部分的積蓄，買了一支豎笛送給他，作為考上大學的禮物。他高興地難以言喻，因為他終於有了一支屬於自己的全新豎笛，而不需要向人借了。

大一下學期，胡清祥的爸爸中風，他一有空就吹豎笛給爸爸聽，希望復健中的爸爸很快地康復，但醫生又診斷出爸爸罹患鼻咽癌，如此的不幸消息，除了難過，也只有藉著吹豎笛來化解心中的憂傷。

大二下學期，期末考的最後一天，爸爸終究抵擋不住病魔的肆虐，撒手人寰。如今，胡清祥對父親的離去，仍充滿著無盡思念，而唯有吹奏起豎笛時，串串的音符，彷彿可以直達天國，與父親互通有無。

最近（二〇〇七年初），胡清祥的專輯《豎笛名曲館——旋轉木馬》誕生了。專輯中，除了有大家耳熟能詳的中外名曲，還有他的三首創作曲，尤其〈旋轉木馬〉創作曲更作為專輯的主題和主打。藉此重溫童年父親帶著他，乘坐旋轉木馬的歡樂時光。值得一提的是，這張專輯是胡清祥自費出版的。這些錢，是他這些年來演出的所得，以及在淡水擔任「街頭藝人」辛苦賺取的，然後一點一滴累積下來的錢。希望大家多多支持、購買，讓他能夠有錢繼續出版好聽的豎笛音樂。

出版這張專輯有兩個目的，一個是藉此告慰父親在天之靈，一個是感謝這些年來，所有對他鼓勵、幫助他的師長和朋友們，此專輯便是他交出的音樂成績單。

視障歌手馬惠美的笑笑人生

無論是在廣播節目或演唱會中訪問馬惠美，令人印象深刻的是，我不需特別搞笑，她就會難以停歇地笑個不停，彷彿我說的每一句話都那麼詼諧有趣。

或許是源自於布農族樂天知命的天性，她似乎早已忘卻雙目失明帶來的不便與不幸。

由於家境貧困，三歲那一年，她被母親無奈地送到花蓮畢士大教養院，為了生存，她必須忍受離鄉背井、骨肉分離的難過與苦痛，去面對一個全然陌生的團體生活。

馬惠美永遠無法忘記，當母親送她到教養院時，她死命地拉住母親不願分開的情景。母親為了安慰她，只好將她抱到鞦韆上去玩，用溫柔的雙手輕輕地擺盪鞦韆，當她正沉浸於鞦韆的搖晃時，母親趁她一個不注意，悄然離去。瞧不見母親的她，立刻放聲大哭。

從此，許多的夜晚，她對家人的思念變成了顆顆淚珠，浸溼枕面。唯有院長夫人藉著歌聲撫慰，她才停止哭泣進入夢鄉。因此，也培養出她從小就愛唱歌的興趣。

如今，這位愛唱歌的小女孩，長大後成了視障歌手，多次榮獲全國歌唱比賽冠軍，大大小小演出場次已超過千餘場，並且自費出版首張個人演唱專輯，藉此為她的歌唱生涯做個紀錄。

專輯中所收錄的歌曲，都是以她經歷的故事創作而成的，像「鞦韆上的女孩」就是感人肺腑的一首歌曲。

馬惠美說：「唱這些歌難免會流淚，但淚流過了，心也寬闊了。」問她專輯的名稱為何叫做《四十個中秋節》，她說因為已有四十個中秋節不曾和家人團聚。我說：「這樣不是暴露了你的年齡嗎？」說著說著，她又笑了。

「催淚歌王」程志賢

認識程志賢超過十年以上了。

他是國內第一位腦性麻痺的歌手，早年我們曾經同台過，後來不知道什麼原因失聯了，當我們再度相逢時，已是十年以後的事情了。

要成為一位「歌手」，並不是什麼困難之事，然而對一位說話十分辛苦，相當吃力的腦性麻痺患者而言，就是一項艱巨的挑戰，箇中的心酸血淚，非一般人所能體會。

程志賢回憶說，國三那年，他遇到了他生命中的貴人，那就是「廖連喜」老師（現任國立新港藝術高級中學校長）。廖老師獨排眾議，邀請他加入合唱團，這對他燃起了莫大的信心，也開始了他對歌唱的興趣。

有句話說「久鍊成鋼」，在程志賢的身上就印證了這句話。他每天都會花兩個小時以上練唱，極少間斷，如今他唱出來的歌曲，幾乎就和一般人沒有兩樣，若是你不聽他說話，根本不會知道他是腦麻的朋友。我常笑稱他真的是唱的比說的好。

去（二〇一〇）年十月，想不到程志賢成了我臉書的朋友，自此我們再續前緣，開始了連絡。十一月份，凌華教育基金會與救國總團部在雲嘉南舉辦「心有愛、行無礙——走向生命向陽處」演唱會，我決定邀請家住西螺的他來演出。原本我只計畫請程志賢做第一場的演出，豈料，他的歌聲太有穿透力了，讓許多人的心中高牆倒塌，淚水潰堤。最後讓我不得不改弦易轍，邀請他連唱三場。

猶記在嘉義家職的第三場演出，當程志賢唱完壓軸歌曲〈掌聲響起〉後，全校師生一千一百多人，發自內心自動地全體起立，掌聲久久不歇。這是混障綜藝團多年來，超過千場以上的演出，從未見過如此感人的盛況，而感動落淚的人比比皆是。

程志賢自己也說，他演唱多年也未見如此的畫面。在這裡，我不免要稱讚一下自己，不是我老劉賣瓜自賣自誇，這與主持人的功力有密不可分的關係，否則，我在警察廣播電台主持節目十八年，榮獲金鐘獎，不是浪得虛名了嗎？

首先，我不要程志賢先唱歌，我要先訪問他，讓台下的觀眾看到他說話吃力辛苦的情形，臉部扭曲變形的模樣，以及手腳不由自主地伸張抖動。接下來，再讓他唱出正常自如的歌聲，製造如此的「反差」，立刻可以讓觀眾飆淚。訪問時，是要有技巧的，所提的問題要能撥動程志賢的心弦，他的心弦一被撥動，就會緊張，說話就會更加吃力辛苦，這樣才能夠出現「反差」。有人說，我好壞啊！

還有就是程志賢的節目，一定要安排在最後的壓軸。若是將他的節目放在前面，效果就完全沒有了。必須藉著前面一個一個節目的堆積，讓觀眾的情緒一步一步高漲，最後當程志賢一「獻聲」，觀眾的淚水立刻就會迸放而出。

說一件有趣的事情，雲嘉南演出的那一次，那一晚，混障綜藝團夜宿嘉義的某飯店，程志賢、陳濂僑（聽語障）和我，被分在同一個房間。

陳濂僑和我洗完澡，輪到程志賢去洗澡，過了半個多小時，還不見他自浴室出來，此時，自浴室傳出他的求救聲：「劉銘大哥……我打不開蓮蓬頭的按鈕，你……可以來幫我嗎？」

我回答：「什麼，你還沒有開始洗呀！」

他說：「是呀！」

我說：「可是我坐在床上，輪椅離我有一段距離，所以我沒有辦法去幫你。」

浴室一片靜默，沒有回應。

我說：「這樣好了，我請陳濂僑去幫你。」說時我看了一下陳濂僑，他躺在床上，背對著我。我心想，苦哇（台語），我叫他，他也聽不到，不知道他何時才會轉過身來。

為了讓程志賢安心，我說：「志賢，你要等一下，因為陳濂僑聽不到我在叫他。」

約莫五分鐘後，陳濂僑終於轉身過來，也才化解了如此的難題。

以前有一個故事，是說一個視障者和肢障者，視障背著肢障，當肢障者的腳，而肢障引路當視障者的眼睛，彼此互助又互補地逃離了火場。那時候，我始終認為不同的障別在一起是可以「互補」的，但有時候，像我們三個人遇到如此的情形，真是啼笑皆非，「無解」啊！

今年元月十八日，混障綜藝團受邀在花博行動巨蛋（大佳河濱公園）演出，我再度請程志賢北上演出。本以為僅有四十分鐘長度的節目，不足以醞釀觀眾的情緒，以致讓他「催淚」的效果出不來，因為之前在雲嘉南的演出，每一場演出的時間，都是兩個小時。

但任何事都要試試看，不試的話，怎麼會知道有什麼樣的結果。當程志賢的歌聲再度響起，淚蟲蟲開始在許多觀眾的臉頰上蠕動，催淚的效果又再度發酵了。於是，我為程志賢取下了「催淚歌王」的封號。

演出後，有一位中年婦女的觀眾過來跟我說，我們的表演節目讓她淚流不止，她還很文藝的形容，「淚水熱痛了我的臉頰」，說著說著，她又落淚了。害得在一旁凌華教育基金會的倪董事長，也跟著一起拭淚。

另外，有一位老先生，散場後，邊走邊擦眼淚，口中還唸唸有詞：「靠腰，早知道就不來看了，害我哭成這樣。」（這一段唸唸有詞，其實是我幫他配的OS，哈）

在西螺鎮公所工作的程志賢，他曾對我說，只要有需要他的歌唱節目，不用擔心路途的遙遠，甚至沒有酬勞，他都願意來表演。他希望他的人生下半場，能以「歌聲」來回饋社會，激勵人心。

其實，唱歌就像說話一樣，對程志賢是耗費體力的，往往一首歌唱完，他已經滿頭大汗了，即便是寒冬，依然如此。然而他卻樂此不疲，一首歌接一首歌地唱下去……

誠如我在舞台上介紹程志賢時所說，什麼是「生命」，在程志賢的身上就讓我們看見了生命，看見他如何突破生命的障礙，如何化不可能為可能。這就是我所謂的「宣導生命教育的奇俠」。

程志賢表示，他很高興成為混障綜藝團的團員之一，在這裡，讓他找到了「舞台」，站在舞台上，他儼然成了「巨星」，掌聲久久不歇……

給混障團員的一封信

每每歲末年終，當許多人在安排如何跨年、狂歡的各項活動之際，我則像樹一樣，在尋找這一年的「年輪」。年輪，代表著一種努力過後的成長痕跡。

西哲曾說：「沒有經過反省的生命，是不值得活的。」所以讓我們一起來檢視即將過去的這一年，有那些得失，然後再以策勵的心情，來迎接中華民國建國一百年的到來。

今年（民國九十九年），是我們豐收的一年。首先是《混障是什麼東西——混障綜藝團員的生命故事》一書，榮獲新聞局頒發最適合中小學閱讀的優良課外讀物。

接著是凌華教育基金會榮獲台北縣九十九年度推動社教有功團體。最後壓軸的就是，凌華教育基金會混障綜藝團榮獲「法鼓山2010關懷生命

獎」團體首獎，獎金三十萬元。

另外在演講和演出方面，經過小魏仔細數算下，大大小小的場次加總起來，共有一百零九場。小場指的是一至二人，中場指的是四至五人，大場則是十人以上。

如此豐收的成果，是我們每一個人共同努力後的「年輪」，值得喜悅，值得慶賀，更值得讓我對每一位親愛的團員，工作人員和志工說聲「謝謝」！

然而卻有少數的團員，因此罹患了「大頭症」。所謂「大頭症」就是自以為有名了，而變得驕傲起來，不可一世。我就不指名道姓，而以「事件」來說明好了。

有一位團員，明明已經答應我們的演出在先，事後又去接別人的演出。如此的行徑，在我們這個圈子是很忌諱的，甚至可能遭到封殺，而不再有任何的演出機會。

另一位團員，在接了我們的演出後，又向工作人員抱怨，演出太累，酬勞又少，以後是否可以不要接如此的活動。

這位團員儼然得了便宜又賣乖，若是嫌太累（搭高鐵會太累嗎）、錢太少（三千四百元的酬勞會太少嗎），他可以不接呀！後面想接的團員大排長龍呢。我們從未要求團員一定要接我們的活動，自己可以斟酌，但接了之後，就不要抱怨，這才是成熟的表現。

還有一位團員，認為我們是利用混障綜藝團，來幫基金會賺錢，如此的想法實在是嚴重的錯誤。舉例來說，凌華教育基金會和救國團合辦的「心有愛、行無礙——走向生命向陽處」活動，是採取「落地接待」的方式，譬如中彰投的演出，到了當地（即落地）才由救國團負責我們交通（復康巴士）、食宿、演出音響等費用。

而團員的演出費，和前往目的地的高鐵交通費，都是由基金會負擔。若以「損益」概念而論，這一趟三天二夜的活動下來，基金會不是要損失十幾萬元嗎？

我想一定是讓團員們吃太好、住太好，才有如此的「錯覺」，認為救國團給了基金會一大筆錢來辦活動，可是基金會轉嫁給團員的酬勞怎麼這麼少。我想我還是跟蔣公反應一下，以後活動是否不要吃太好、住太好，以免將團員們養成「大頭症」。

其實，讓大家吃好住好，是為了犒賞團員們的辛苦，為大家加油打氣。試問，你們參加哪一個社福團體的活動，有這樣優渥的「福利」，有時還有專車接送。豈料，如此的「心意」，沒有得到感謝也就罷了，竟被有些人「以小人之心，度君子之腹」。

再說基金會印給團員的名片，我認為很少有人在公眾場合發送，大部份的人都是發自己的名片，如果這樣的話，當初團員大會就不要決議要印名片給團員，基金會也可省下一筆花費。要知道未來的時代，是個團結合作的時代，單打獨鬥的英雄主義，早已過時了。任何人或任何節目，都是可以被取代的。

我認為，「敬業」比「專業」更重要。專業指的是在舞台上才藝的水平，而敬業則是一種「態度」，因為「態度決定一個人的高度」、「態度決定勝負」。若是在舞台上，團員只有專業而缺乏敬業，我們又有什麼資格在那裡侃侃而談我們的生命故事，這豈不是流於「說一套，做一套」的假象嗎？

所幸這樣的團員畢竟是少數，大部份的人還是盡心盡力地扮演好「宣導生命教育奇俠」的角色。最後讓我以德瑞莎修女的話，與大家共勉——你今日的善舉，人們經常會在明日忘記，但不管怎樣，還是行善吧！

敬祝

身體健康！

新年快樂！

團長劉銘敬上

為阿開保留一個座位

音樂頑童不玩了，阿開就這樣的離開了我們。

下午驅車前往內湖路的錄音室，錄製「混障之愛」主題曲。在我走進錄音室不久，下起了滂沱大雨，窗外的雨聲轟隆轟隆，宛若放鞭炮一般。

近傍晚五時，我完成了我的錄音部份，此時，接獲胡清祥的來電，他告訴我，我們的老朋友阿開，在剛剛不久之前，撒手西歸。

儘管，明知阿開的離世是早晚的事，但乍聽之時，仍不免心酸，眼眶立即布滿淚水。阿開選擇在一個傾盆大雨的午後，在這群與他並肩作戰，有著無數次南征北討的演出夥伴，錄製代表這群混障朋友的主題歌曲時，悄然地離去了，永遠地離開了我們。

若非阿開重病住在安寧病房，相信錄製〈混障之愛〉這首歌曲一定少不了他的，因為他是最好的Bass（男低音），可以搭配出最優美的和聲。

直到團員錄完音後，我才敢告訴他們此一噩耗，否則，像徐銀嬌、任文倩、林秀霞等團員，若錄音前知悉此事，心情一定大受波折，說不定會哭成淚人兒，而影響錄音的品質。

猶記去（二〇〇七）年七月間，混障綜藝團泰國之行，我們在十一天裡，完成了不可能的任務，那就是十七場的演出。而阿開是其中不可或缺的一員，無論是個人鋼琴演奏，或是替人伴奏，以及與我搭檔的「人與胡琴對話」，都大大地增添了節目的可看性。

令人遺憾的是，無論在監獄、學校、軍中等地演出，十分叫好又叫座的「人與胡琴對話」節目，如今已成為絕響。我似乎早有預感，三月間，是「頌愛到監獄」活動今年第一場演出，卻是阿開告別人生舞台的最後一場演出，我請劉宜宜導演拍錄下整場的節目，且以阿開為主角。

那一場演出，阿開玩得很盡興，如同未生病前一樣，搖頭晃腦、十分投入地彈奏著電子琴。尤其是「人與胡琴對話」節目生動逗趣，再加上收容人的一些「擦槍走火」，製造出了許多歡樂。

如今，除了可以透過錄影帶尋見，只有在內心深處尋找許多的點點滴滴，以及我們共同的回憶。

對基督徒而言，面對死亡無須太過悲傷，何況阿開說，他不喜歡哭哭啼啼「哭調仔」的場面，他希望大家能以喜樂祝福的心，來看待他的離去。因為過世乃卸下了人世間的勞苦重擔，回到主的懷抱，享受無災無難、無病無痛的美好生活。

每每去監獄演出，我都會和收容人相約「外頭見」。阿開，那麼等我人世間的刑期，或是說功課完成後，我們相約「天國見」吧！

未來混障綜藝團的演出，我想為阿開在觀眾席中保留一個空位，讓他可以觀賞我們的演出，因為他已升格為榮譽團員，不需再表演節目了。他只需要監督台上的我們，是否有人在「混」，因為「混障」是不打「混仗」的。

當然，我們也需要他的掌聲與喝采，相信他的精神永遠與我們同在。

寄語阿開

阿開的老婆雅惠的一封e-mail，讓我知道了阿開的姐姐，為阿開設立了一個部落格，叫做「煜」想「天」開。「煜」指的就是阿開，「天」代表阿開離開了塵世，住在天國。

進入部落格瀏覽，我點選了「活動照片」一欄，看見了不少「少年耶！讚喔」、「頌愛到監獄」等活動的照片，還有幾張我和他「輪椅與胡琴的對話」的演出照片。

豈料，我的淚水竟毫不防備地滑落下來，我知道，在這些照片裡，有著我太多的回憶，有許多我和阿開為宣導「生命教育」的演出，共同打拼的革命情感。寫到這裡，我的眼眶立刻布滿淚水，不聽使喚地又是滴滴答答了。

尤其看到阿開在臨終感恩音樂會的照片，他坐在輪椅上彈琴，凹陷的雙頰，骨瘦如柴的身軀，這位「生命勇者」直到人生的最後一刻，仍不放棄生命的樂觀精神，令我充滿了不捨與感佩。

阿開的離去，對我如同失去一臂，由於他多才多藝、配合度高、又不計酬勞，在任何的演出活動中，都是不可或缺的表演者。如今的演出活動中，我常為人員的調度而困擾，此時就會想到如果阿開還在的話，那該多好啊！

我曾試圖尋找遞補阿開「位置」的人選，然而談何容易。因為一位多才多藝的音樂家，在舞台上活潑生動地演出，那是難以速成的，而需要時間的千錘百鍊方能養成。

最遺憾的是，我和阿開叫好又叫座的「輪椅與胡琴的對話」節目，從此再也無法閃亮登場了。

更生人蘇楷儂

二〇〇八年八月，一個酷熱的午後，「頌愛」列車駛向新店戒治所，所裡的收容人完全都是戒毒者。這是凌華教育基金會與國泰慈善基金會共同主辦「頌愛到監獄」活動。

此次演出，節目首次以凌華工作人員蘇楷儂為主打，他是一位更生人，曾在毒海沉浮十三年，進出監獄多次，如今徹底擺脫毒品，跟毒說不，好一個浪子回頭金不換的故事。我笑稱混障又多了一種障別，那就是又混進了「更生人」。

戒毒，是一件極艱辛不易的事情，大部分的吸毒者，都是「一日吸毒，終生吸毒」。像這次新店戒治所裡，我們就看到好幾位白髮蒼蒼的老者，相信他們吸毒應該是從年輕吸到垂垂老矣。

據我聽監所的工作人員表示，煙毒犯是監獄裡「回籠率」最高的，大約佔百分之七十五，也就是每四個人出去，會有三個人再回來。

為何那麼地不容易戒毒？最主要是缺乏成功的「榜樣」，這也就是為何會安排蘇楷儂現身說法，就是要讓這些收容人了解，只要下定決心，相信自己做得到，還是可以成功，且擁抱幸福。像蘇楷儂去年結婚，妻子美麗嫻淑，他目前的工作穩定，可說工作、家庭兩得意。這一切的幸運，都是從他戒毒後開始，深信他未來美好的遠景是可期待的。

有人問我，凌華教育基金會為何敢僱用更生人，會不會害怕？我認為，我們每個月一次的「頌愛到監獄」活動，並非單純的娛樂性質，主要是藉著混障團員的生命故事，鼓舞感化收容人。若是連我們都不願給更生人機會的話，不是就像聖經中的「我若能說萬人的方言，並天使的話語，卻沒有愛，我就成了鳴的鑼、響的鈸一般」一樣，說一套做一套。

蘇楷儂先帥氣地用薩克斯風吹奏了一首〈what a wonderful world〉英文歌曲，然後再分享他戒毒的故事。這是極佳的現身說法，以更生人來鼓勵收容人，相信在台下收容人的心田裡，已經撒下一顆種子，願在某年某月的某一天，能夠開花結果。蘇楷儂做得到，他們也可以做到。

這次的活動，堪稱頌愛有史以來流汗流得最多的一次。新店戒治所的演出場地，必須先爬過一個「好漢坡」，然後再下一個與好漢坡陡度相同的下坡路段。由於所裡只允許一輛我們自己的車子進出，所以，蘇楷儂只得載送一些重度的團員進入，其他輕、中度的團員和志工們，只好在酷熱的天氣裡，以步行的方式前進。

接下來，是演出場地的悶熱。瞥見不少團員汗流浹背，像林秀霞如同洗完澡未擦拭的模樣，她身上這些汗珠，代表了對演出的投入與敬業。

最慘的是離所前，團員們搭乘載音響器材的貨車出來，一群人擠在悶不通風的帳篷裡，儘管是短短的五分鐘車程，但每一個人揮汗如雨，彷彿在烤箱般的煎熬，任文倩大喊自己快要窒息了。

每一次的頌愛，都有不同的難忘經驗，而這些可愛可敬的團員們，總是能禁得起考驗，度過難關，並將愛分送給需要的人。而且，我們每一個人都儼然成了「憶」萬富翁，因為這些都會成為日後美好的回憶。

別了，楷儂

蘇楷儂走了。

二〇〇九年十一月三日那一天，楷儂的妻子楊乃帝打電話來，她極少主動打電話給我，而且從她像是剛哭過的聲音聽來，腦海突然意識到，可能是我不願聽見的事情發生了。

果不其然，楷儂於上週六與世長辭、撒手人寰。乃帝表示，她一直不願面對如此的事實，所以直到今天才告訴我這不幸的消息。她要我告訴混障團員，但請大家不要打電話給她，她想好好地安靜、安靜，不受干擾。對乃帝而言，現在的她，安靜勝過安慰。

我對乃帝說，若有需要幫忙的事情，她一定要告訴我，還有楷儂的追思禮拜，一定也要告訴我，乃帝說會的。

楷儂八月底再度住進加護病房至今，儘管知道這樣是不樂觀的，但一旦聽到他過世的訊息，還是有許多的不捨與難過，讓我紅了眼眶。乃帝說，楷儂已經「盡力」了。的確如此，從去年十月，當他獲知罹患肺腺癌後，他一直很有信心地與病魔對抗。他表示，「主」要藉著這個大疾病的醫治，來彰顯祂的大奇蹟。

醫師原本預測癌末的楷儂，大概僅有半年的日子，然而他卻活了超過一年。我不知道這算不算奇蹟，但我知道他幾度進出加護病房，曾經一度連醫師都放棄了。因此，他真的是盡力了。

去年，我們在錄製「混障之愛」專輯時，阿開走了。今年，我們在迎接《混障是什麼東西？——混障綜藝團員的生命故事》新書發表會的前夕，楷儂走了。為什麼在喜事之前，總有一些令人傷痛之事發生。或許這就是人生，悲喜、福禍總是相伴相隨。

在天上，阿開正彈琴給楷儂聽，楷儂正吹薩克斯風給阿開聽，然後兩人喝著楷儂煮的香醇美味的咖啡。你看見了嗎？我看見了。

相信在未來的未來，天國上也可以成立一支「混障綜藝團」，只是不知有誰可以促成天上與人間的這兩個團體交流演出？

十一月八日，楷儂公祭的日子，我們來送他最後一程。

中午時分，馬惠美和我共乘復康巴士，其他混障綜藝團團員則從四面八方趕來，前往位於辛亥路的第二殯儀館，參加楷儂的告別式。不知是決定的匆促，或是經濟的考量，告別式不是在什麼大廳舉行，而是在一個小房間舉行。

還真的是不折不扣的「小」房間，小得僅能站著肩並肩、身靠身地容納十幾個人，其他更多的人則佇立門外。房間面對門的牆壁上，掛著一張楷儂吹薩克斯風的照片，帥氣十足，這讓我想起我們共事的點滴，想起他在澎湖鼎灣監獄，吹薩克斯風給收容人聽，為戒毒作見證的情景……

楷儂的大體躺睡棺木之中，就在我們的對面。在這之前，館方的工作人員將棺木推進小房間，當棺蓋被掀開之後，乃帝哭得泣不成聲。如此的畫面，如此的聲音，讓人鼻酸，紅了眼眶。

趕路的雁全人關懷協會的劉哥擔任司儀，帶領會眾唱詩歌、讀經，而應該是楷儂教會的牧師，則是做分享、禱告。最後是瞻仰楷儂的遺容，每人手持一朵玫瑰，輕輕地放入棺木之中。

儀式十分地簡單，簡單到三十分鐘左右就結束了。這似乎象徵著楷儂的生命寫照，三十多歲人生就劃上句點。陳濂僑趕來時，已錯過儀式，感覺他有些遺憾。

死者永遠不會知道他的告別式，會是怎樣的一個情形？會是簡陋、樸素、還是風光大葬等。這只是活著的親朋好友的感覺，對死者毫無意義。因此，任何一種葬禮的形式，都是見仁見智、因人而異。

去年送走了阿開，今年送走了楷儂，明年呢？就交由「無常」來排名單吧！

239 別了，楷儂

忙著陪家人

忙著陪家人

每每有朋友問我：「最近在忙些什麼？」我都會告訴他們說：「忙著陪家人。」

瞧著他們一臉狐疑狀，一定以為我在開玩笑。如果我說是忙於主持廣播節目、演講，或是基金會的業務，他們可能比較願意相信。可是，我居然會說：「忙著陪家人。」再說，陪家人，有何好忙的？

事實上，真的是如此，像我每週三固定會回板橋探望爸媽，每週六晚上則是去看看岳父、岳母，陪老人家們聊聊天、喝喝茶，再吃一頓飯後，才返回我的住所。其餘的時間，則是在家裡陪我三歲的女兒。

有人不解地問，我是如何在忙碌的工作之中，仍能夠抽出時間來陪家人，這樣的陪伴，並非偶一為之，而是每個星期都如此，且行之有年了。

說穿了，很簡單，就是在自己的行事曆裡，將探望父母、陪伴家人的事情，列入行程之中，視為一種工作。那麼，自然而然地就有時間了。

證嚴上人曾說，世界上有兩件事情不能等，一件事是「行善」，一件事是「行孝」。想必大家都明瞭，這兩件事十分地重要，然而由於這兩件事並不是那麼地十萬火急、迫在眉梢。因此，造成許多人總是只有心動，缺乏行動。

有些人會說等他們擁有了足夠金錢後，就會去行善，請問，多少錢才算是足夠的錢呢？又有人說，等他們有充裕的時間，就會去行孝，試想，每一個人的時間不是掌握在自己手中嗎？事情的孰重孰輕是由自己所決定的，若你認為工作優先，那麼行孝就會安排於工作之後。

從什麼地方到什麼地方，是最近的距離，也是最遠的距離？此一問題的答案，每個人不盡相同，而我的答案是：「從心動到行動。」怎麼說呢？有些人心動時，他們就立刻化為行動，這就是最近的距離。然而，有些人心動時，卻遲遲無法化為行動，也許是一天、十天，也許是一年、十年，也有可能等到一個人白髮蒼蒼、齒牙動搖，仍未將心動化為行動，無疑地，這不是最遙遠的距離嗎？

人生的成績單，並非你知道了多少，而是你做到了多少；知道僅是心動，做到才是行動。也就是說，一百個理論，不如一個具體的行動；一天二十四個小時，寧願行動一個小時，遠遠勝於二十四小時的空想。

十分慶幸的是，我現在所從事基金會的業務，讓我有機會去「行善」，而將陪伴家人列入行事曆中的固定行程，讓我有時間「行孝」。證嚴上人應該頒發我一面獎牌，因為他所倡導的「行善」、「行孝」這兩件事，我可是身體力行的實踐者。

其實，我這麼做不是為了獎狀，只是為了讓自己的人生之路，不會有那麼多的悔恨和遺憾而已。

平安夜裡有平安

每年十二月二十四日平安夜的這一天，我都會祝福親朋好友「平安夜裡有平安」，似乎這已成了我的「劉格言」。我不喜歡任何節日的祝福語，後面只加個「快樂」就好了，譬如：端午節快樂、中秋節快樂、新年快樂等，我認為這樣過於便宜行事、了無新意。

就像有一年，有人祝我「清明節快樂」，實在讓我啼笑皆非，我是該快樂，還是不該快樂？清明節是個祭祖、慎終追遠的日子，祝福「快樂」似乎不經大腦、不合時宜。好比臉書上，不管人家歡喜或悲傷，有人一律都按「讚」。

我會祝人家「平安夜裡有平安」，是認為平安夜的這個晚上，不該只有被大餐和狂歡占據，而是讓心靈有個寧靜、安平之處。於是這一夜，我們一家三口選擇了去探望兩位年過七十的老人家。

老先生由於兩次中風，造成不良於行，必須端坐在輪椅之上，脾氣變得十分火爆。老太太因骨質疏鬆症而開刀，造成只能走平路而無法上樓梯，前不久，她開始洗腎，心情就顯得更沮喪了。平日與他們生活在一起的人，就是照顧他們的外勞。

蚵仔煎是我們的大餐，看電視成了我們的狂歡。如此的大餐或許顯得寒酸，如此的狂歡或許不夠瘋狂，然而我們卻都樂在其中，內心裡充滿著平安。

其實，這兩位老人家就是我的岳父母。

證嚴上人曾說，世界上有兩件事不能等，一個是「行善」，一個是「行孝」。然而有許多人，只是將行善和行孝掛在口頭上，而缺乏了身體力行。

有人說，當他賺了足夠的錢，就會開始行善，試問多少錢才算是「足夠」。其實，人一旦習慣了賺錢，以金錢為中心，他就會變得不習慣行善。另外，誰說行善只有捐錢一途而已，像當「志工」也是一種奉獻。

有人說，他也知道行孝的重要性，這是身為人不可不知的「反哺」，可是他沒有時間，因為工作占據了他大半的時間，工作的重要性遠勝於行孝。最後，反而落得「樹欲靜而風不止，子欲養而親不待」的無限遺憾。

為了讓自己不是流於口號，而能是個化心動為行動的人，所以每個星期，我都會有一天去板橋看我的爸媽，再有一天去承德路看老婆的爸媽，陪他們喝喝茶、聊聊天，可以的話，再吃一頓飯。現在每當有人問我，最近在忙些什麼？我都回答「忙著陪家人」。

我認為行善、行孝是平安的源頭，它可以帶給我們源源不絕、如江河般地平安。

愛，不會失憶

這幾年，老爸罹患老人失智症，記憶力一天比一天衰退，常常會分不清叔叔和弟弟；偶爾自北京返家的妹妹，他就更不認得了。

所幸，他還認得我，想必這是拜我坐輪椅所賜吧！因此，我稱得上所有家人中，他最常主動找來說話的人。

老爸最常問我：「一個星期在電台主持節目幾天？是幾點到幾點？一個月的收入有多少？」我都一一回答。豈料，幾分鐘後，同樣的問題又再問一次。

我心知肚明，這就是老人失智症的症狀，所以我總不厭其煩地再次說明。有時候，相同的問題會重複問上三、五次，這是常有的事，我也總和顏悅色地回答。

老媽就沒有如此耐心，相同的問題只要老爸問上幾次，她的火氣就會竄升。

我會安撫老媽，說老爸還願意這麼問就不錯了，哪一天，當老爸默不作聲、不再問任何問題時，那代表他的病情更嚴重了。

說也奇怪，每當我要離去時，老爸都會送我下樓搭車，而且從來不會忘記；即使有外傭協助，他還是堅持送我。

有時候，離我告別尚有好長的一段時間，他卻已整裝待發了。

老爸總是靜靜地揮手道再見，目送我搭的復康巴士離去。每每凝望車窗外，看白髮皤然、佝僂的身影，我的視線總模糊了起來。原來，愛是不會失憶的。

老爸喝醉了

那一晚，在觥籌交錯中，老爸喝醉了。

自從老爸罹患老人失智症，平常的日子裡，他多處於沉默少言，唯有在親友們聚會的飯局中，藉著酒精的催化才會變得侃侃而談、能言善道，彷彿已經脫離了病症的糾纏。身為子女的我們，屢屢處於「兩難」的掙扎。因為，喝酒對失智症患者，是不利的。可是，我們又希望老爸也能參與其中、賓主盡歡，為了達到如此的效果，則必須藉助酒的刺激。

話說，酒這種東西，就像水一樣，能夠載舟，也能覆舟；適度的飲酒，對身體無害，一旦過量則傷神又傷肝。一般腦袋正常的人，在喝酒時都難以做到「節制」，遑論是「失智症」的患者了。所幸，我們想到「魚目混珠」的方法，那就是當老爸的「話匣子」打開後，開始重複述說著：「酒逢知己千杯少，話不投機半句多。」、「處處無家處處家，年年難過年年過。」他腦袋中的語庫，似乎僅剩下這兩句了。

每當聽到這兩句話出現時，即代表老爸已經喝得差不多、是該掛「免戰牌」的時候了。此時，我們便取出了「替代品」，好比我生日當晚，喝的是紅酒，而替代品就是和紅酒有相同紅色的葡萄汁。老爸完全察覺不出來有任何異樣，仍然喝得十分開心，且不時地找人乾杯，親友們也心知肚明，頗能諒解、配合。

那一晚喝的是威士忌，而我們準備的替代品是色澤相仿的「茶水」，不過，老爸一開始就喝得太快、太猛，不時地與人「拼酒」。當我們欲進行「魚目混珠」大法時，卻是遠水救不了近火，因為老爸喝過頭了。有一度，老爸口渴想喝茶，誤把公杯的酒當成茶，一口氣喝下大半杯，當我想阻攔時已經緩不濟急，這讓我好生苦惱。這也註定了當晚他會醉得不醒人事，最後不得不被兩名壯漢，一人一邊「架」著離去。

望著老爸漸行漸遠的背影，心湖激起了悵然與不捨的漣漪，原本是我們家裡的「守護神」，曾幾何時，卻變成連保護自己的能力都失去了。

老婆，別再騎腳踏車了

又是一次不幸中之大幸，可是我知道，這樣的幸運不會常常來造訪。清晨，老婆出門去買早餐，回來後，她說她騎腳踏車摔倒了。所幸並無大礙，僅有左手腕輕微扭傷，隱隱作痛。另外，頭部碰觸地面，還好也是輕微的擦傷，而非重重地撞擊。

老婆說得若無其事，我可是聽得心臟砰砰地跳。

前不久，老婆才因騎腳踏車，為了閃躲一輛大卡車，就在驚險萬分之際，突然，腳踏車的煞車斷掉，眼見大禍即將臨頭的瞬間，大車突然轉向，老婆才有驚無險地化解此一災難。

台灣不像歐美等國家，有腳踏車的容身之地，因為這些國家的駕駛人，都非常遵守交通規則，除了禮讓行人，也不忘禮讓騎腳踏車的朋友。有些地方，甚至有腳踏車的專用道、專用區。

然而台灣就大大不同了，駕駛人較缺乏「禮讓」的行車態度，再加上不遵守交通規則的人大有人在。所以，在台灣騎腳踏車根本是險象環生的事啊！

我希望老婆不要再騎腳踏車，然而，她回應我的作法，就是將腳踏車的煞車系統修好，隨之又騎上路，讓我好生擔心。我知道她以腳踏車代步，完全是基於方便、快速的考量。

可是，就像我在主持廣播節目中所殷切叮嚀的，不少的交通事故皆肇因於「圖一時之便，貪一時之快」所致。因此，這兩句話已成了我對用路人耳提面命的「劉格言」。

三個多月前，車禍奪走了一位親人，如今我不想使腳踏車成為「幫兇」，讓我再失去一位摯愛。老婆，請聽我的規勸，別再騎腳踏車了。

老婆生病了

自從岳母洗腎後，老婆就更忙碌了。以往老婆的工作，是照顧家中的大小朋友，大朋友指的是我，小朋友指的是女兒，如今又多了岳母這個老朋友，現在變成老、中、青都是她的責任範圍了。

岳母一個星期要洗腎三天，分別是二、四、六。星期四是由老婆輪值，其他兩天則是由她的姊姊、弟弟負責。在傍晚時分老婆先去岳父家，然後推著坐在輪椅上的岳母，前往馬偕醫院洗腎。

當岳母在洗腎時，她趕回家來，為我們這兩個大小朋友料理晚餐。有時，是她親自下廚烹煮；有時，是從外面買東西回來；有時，則是一家三口出去外面吃。

晚餐後，她通常會再去岳父母家，探望由外傭照顧的岳父。岳父自從歷經兩次中風後，變得和我一樣，都是「輪椅族」了。不知是不是這樣的緣故，他的脾氣變得暴烈，經常在家裡又罵又吼。

那一天晚上，老婆送岳母去馬偕醫院洗腎返家，她覺得身體十分地不舒服，會不由自主地「畏寒」，應該是感冒了。她使用溫度計量了一下體溫，三十八點八度，發燒了。我想應該是太累所致。

老婆的個性，說好聽一點是堅持，說難聽一點就是太「ㄍㄧㄥ」，以致事必躬親，而不假人於手。如此的結果，就是終有一天她會累倒。

我們一家三口，最「不能」生病的就是老婆，一旦她倒下，我和女兒的生活作息，就會受到影響，就必須自求多福、自立自強。所幸有了女兒後，她多少可以幫我處理一些生活上的小事。

那一天晚上，老婆回家後，已無力設想晚餐的事宜，我們便建議她去休息。此時，女兒變得積極起來，似乎扮演起「小媽媽」的角色，幫我倒水、拿東西，一起討論晚餐叫外送的事情，甚至睡覺時替我蓋棉被。

有人說，若是一個媽媽過於勤快，她的孩子就會變得懶散，我們家的女兒就有這樣的情形，因為老婆把所有的事情都做得好好的，包括有關她的功課檢查，整理書本、攜帶物品等。

但如果女兒跟我在一起時，她就會變得堅強獨立，因為她知道在行動方面，我無法給她任何幫忙，所以她就必須凡事自己做。有時候，還必須協助我。

如果老婆的生病有什麼「好處」的話，唯一就是可以激發女兒「捨我其誰」的精神，她會照顧我，也會展現她乖乖聽話的一面。隔天中午，她還外出去買午餐，這是她第一次獨自去買午餐。

即便老婆臥病在床，她還是要勉為其難地揹我上床，要不然我就無法睡覺；她送我下樓去搭車，要不然我就無法外出工作；還有幫我洗澡，否則我就會渾身不舒服，難以帥氣的臉龐見人。這是我需要老婆協助重要的三件事。

有人建議為什麼不請外勞幫忙，我想終究有一天，還是會走上這條路。不過，老婆認為，她現在能做，就自己做，待有一天無能為力時再說。這就是老婆的個性，她已經習慣了事必躬親，不喜歡去麻煩別人。

這與我的想法是不同的，我不認為那是一種麻煩，我覺得那是給人一個「行善」的機會。像我在外需要一些協助時，我就不會不好意思請路人甲、乙、丙、丁幫忙。一來，是給人一個行善的機會；二來，是給人一個接觸和認識身心障礙朋友的機會。

對於老婆，我有無限的感恩，這就是為什麼我能忍受她叨叨絮絮地碎唸，以及做到「罵不還口」的境界，這就是為什麼我們夫妻之間幾乎沒有吵架和衝突。我認為有一天，或許我們的愛情會變淡，但恩情卻永遠存在，這就是為什麼我不會「臨老入花叢」，如此才是「男人大不幸」。

女兒失而復得

突然間，老婆的眼前一片空白，整個身體彷彿墜入了萬丈深淵。

那一天上午，老婆推著嬰兒車裡的女兒，去菜市場買菜。當她在菜販前，蹲下身子選菜，才幾秒鐘的光景，她起身時，突然發覺嬰兒車不見了。她驚慌地四處找尋，口中大聲喊叫著：「亮亮！亮亮！」聲音十分地淒厲。她開始不由自主地顫抖起來，緊張地好像世界末日來臨。

一旁的歐巴桑見狀，問她發生了什麼，只聽她急促地回答：「小孩子不見了。」於是歐巴桑也跟著幫忙找尋，詢問四周的人，有沒有看見一輛嬰兒車，裡面有個八、九月大的小嬰兒。

就在這個時候，只見一位婦人，大搖大擺、氣定神閒地推著嬰兒車回來了，老婆如獲至寶地跑了過去。歐巴桑打抱不平地對婦人說：「妳怎麼也不說一聲，就把人家的小孩推走，害小孩的媽媽急死了。」豈料，那位婦人答非所問地說：「這個小孩很可愛，我推去給朋友看。」「很可愛」，如此簡單的一句交待，可是害老婆差點心臟休克，急得快要哭出來了。

只有經歷過失去的人，才知道失去是怎麼回事。這多少讓我體會到一些「協尋失蹤兒童」父母的心情，相信這些父母一輩子都難以將陰霾消除，將傷痕撫平。

我們真的很幸運，那次遇到的不是心懷不軌的歹人，否則，我們夫妻期待了八年才有的心肝寶貝，可能就一去不復返了。這會成為我們一輩子難以彌補的遺憾，從此故事也將重寫，這本書可能就無法問世了。

老婆表示，當天她回到家，手還一直抖個不停，可見這件意外帶給她多大的驚嚇與恐慌，每每說起仍是心有餘悸。

對於此事，我真是謝天謝地，感謝老天爺讓此事有驚無險地度過，更感受到「失而復得」的珍貴。

兩顆葡萄

女兒亮亮上幼稚園了。

初嘗離家、離開父母的滋味，第一個星期，每當老婆將女兒送到幼稚園，以及去接她之時，總是出現淚眼以對的畫面。亮亮的哭，並非小聲地啜泣，而是嚎啕大哭、呼天搶地的難以停歇，哭到最後連老師幾乎抓狂。

有幾次，亮亮是被老師硬抱進教室，才結束了母女的「十八相送」。抱進教室時，女兒一邊淒厲地哭，一邊口中喊著：「媽咪救命啊！媽咪救命啊！」女兒如同待宰的羔羊，老婆的心都碎了。

有一次，老婆去接她返家，看見她的手掌心握著兩顆葡萄，她一見老婆的出現，一邊飲泣一邊說：「這兩顆葡萄，一顆給你，一顆給爸比，我已經洗好了。」這是她的午餐，也是她最愛吃的水果，特別留下來給我們。聽得老婆淚眼婆娑。

老婆與我商量，是否等女兒大一點再去幼稚園，如此地啼啼哭哭，實在叫人心疼與難忍。我告訴老婆，哭，是許多幼稚園小朋友必經的過程，有些孩子連上小學都還在哭呢。重要的是，身為家長的我們，必須忍下心來，給予孩子足夠的時間，相信他們很快地就能夠適應學校生活了。否則，孩子永遠學不會獨立自主。

女兒的哭，讓我想到自己九歲那年，被父母送到台北市立廣慈博愛院時，凝望著父親的背影消失離去時，我也是放聲大哭，哭聲迴盪於整個廣慈。此後，每逢寒暑假結束，當爸爸帶我從家裡到廣慈時，就跟亮亮從家裡被媽咪送到幼稚園的情形一樣，除了哭泣之外，我不知道還有什麼方法，可以表達我的不捨與難過。

我九歲都還在哭，遑論僅有四歲的亮亮，所以，她的哭就不足為奇了。廣慈生活，讓我走出了殘障的陰霾，而學校生活，相信會是女兒變得懂事與學會人際互動的開始。

貝貝走了

女兒亮亮就讀的幼稚園太陽班某位小朋友的家長，送給班上每一位小朋友一條斑馬魚，這隻魚比亮亮的小拇指還小，淺白色的。她給魚取了一個名字，叫做「貝貝」。

亮亮鄭重其事地，請她的姨丈自家裡帶來了一個魚缸，將貝貝養在裡面，成為牠的家。並且放入一些彈珠裝飾，就相當於傢俱。

晚上，老婆為魚缸換水時，一個不慎竟將貝貝倒入了水槽之中，亮亮見狀後大哭。

我們安慰亮亮，一起來為貝貝祝福，希望牠能自水槽進入下水道，然後流入湖泊，最後游入大海。

本以為可以藉此安撫亮亮的情緒，止住她的淚水，誰知她說萬一貝貝游不到大海，中途死掉了該怎麼辦？說著說著，她的淚珠彷彿斷了線的珍珠一般，一顆接著一顆從臉頰滑落而下。

於是我打了電話給大阿姨，請姨丈明天去接亮亮放學時，帶她去買兩條魚。

老婆並不主張這麼做，認為如果魚以後死了，亮亮豈不是又會傷心難過？但我覺得這可以讓孩子學習如何面對死亡與失去的功課。

亮亮問我，貝貝會游到哪一個大海，我說可能是太平洋吧，她又說，以後我們可以到太平洋去看貝貝嗎？萬一貝貝游在很深的海底該如何？我說，我們可以對著太平洋大聲呼喊貝貝的名字。

亮亮為貝貝製作了一個墓。她用裝藥膏的紙盒做骨架，在色紙上畫了一條魚的圖案，塗上顏色，又請我在色紙上寫了「再見了，貝貝」等字，然後將這些東西剪下，黏貼在紙盒之上。

她又畫了一個人的圖案，剪下後又貼於紙盒，問她這是什麼意思？她說這個人是她，代表這條魚是她養的。

這時，她的心情開朗了許多。

不過是死一條小魚，本以為亮亮會不痛不癢、毫無感覺，出乎意料地是，這麼的一個小小孩，對於這麼一隻小小魚，竟然有這般濃厚的感情，如此悲天憫人，珍視生命的精神，讓我們做父母的也跟著一起落淚。

後記：

兩年後，亮亮讀這篇文章時，突然有感而發地寫下了她的感想。我看了十分驚訝和驚喜，她的文筆怎麼這麼好，超過了小二的程度。

更不簡單的是，她的標點符號運用得很正確，這是連有些大學生都弄不懂的。我該說是遺傳呢，還是她本來就具有一些天分，只是我到今日才發覺。

至於她感想中所提到的小蝦，我們將牠葬於自家樓下的中安公園，每當經過時，都會跟牠說幾句話，甚至還祈求牠的保佑，似乎已將牠「擬神化」了。

以下就是亮亮的感想：

關於貝貝的死這件事，我雖然覺得很難過，但是我現在覺得，難過不是辦法，因為，這個世界還有我要去挑戰的事情，難過只是我旁邊一個小小的干擾而已，不過，我也因為貝貝的死，學到了更多知識。

後來，我又養了一隻蝦，這隻蝦我沒給牠取名字，我也就只有叫牠小蝦，去年，牠過世了，我依然很難過，可是，我不行難過！因為，難過只是小小的考驗，同樣的，也是一個小小的折磨而已。

帶女兒去探險

我帶亮亮一起去「探險」。

那一天，我問女兒亮亮要不要和我去電台「探險」，就像卡通影片小女孩Dora和小猴子Boots一起去探險。我如果說，跟我去電台走走，她未必會去，但我用了「探險」一詞，又引用了這兩個卡通人物。因此，她充滿了期待。

生長在小家庭的孩子，向來就很黏媽咪，加上我不良於行，無法在行動給予孩子照顧，所以，她對媽咪的需求，如同麥芽糖一般，黏死人了。

這是在沒有媽咪陪伴下女兒第一次與我外出，我十分珍惜我們父女如此的「獨處」。一來，可讓媽咪暫獲「喘息」；二來，我相信我也是可以照顧她的。

女兒是否可以安靜地坐在一旁，當我on-line時，她就一定不能說話；

當播放歌曲時，她就可以與我交談了。若是她完全不在我的掌握之中，大聲喧嘩、任意跑跳，我的現場節目可能就會被她搞砸了。畢竟她只是個五歲的孩子。

其實，去之前我完全未顧慮這些問題，只因為她是我的女兒，在這一千八百多個日子的相處之下，我了解她的個性，甚至說我相信她，相信我們會有一趟愉悅又充滿挑戰的探險之旅。

復康巴士啟動時，老婆依依不捨、由近而遠地跟我們揮手道別了好幾次，彷彿要送我們出遠門似的，只差沒有演出十八相送。我知道，老婆仍是放心不下，這可能就是「母親」吧。

車子行進中，亮亮告訴我，她有點緊張。我對她說，探險本來就存在著緊張。想不到她說：「吸一口氣，就會放鬆了。」不知道她這句話是從哪裡學來的，用得非常貼切，展現了沉著冷靜、獨當一面的態勢。

到了電台，她說她要尿尿，我問她需不需要找人幫她，她說不用，她自己可以。有媽咪在的時候，她是一個很依賴、愛撒嬌的孩子，但跟我在一起時，她又顯得那麼獨立，像個懂事的大孩子。

我主持節目時，她心血來潮講了一個笑話，其他時間都乖乖地待在一旁，平日頑皮的模樣，在播音室完全收斂了。小小的年紀，動如脫兔，靜如處子，我發覺她真的很有潛力。

節目結束後，接下來的行程就是回板橋家，探望老爸老媽。出發前，天色陰暗，一看就知道快要下午後雷陣雨，為此，我們還提前上復康巴士，就是希望能趕在下雨前回到家。

車子行駛於華江橋時，我心中默禱，希望能夠躲過這場雷陣雨。當車子開到文化路時，滂沱大雨驟然而下，心想，還是晚了一步。

我們都沒有帶雨傘，帶了也不方便撐，我問了司機，他也沒有帶傘。這下該如何是好？待會下車時，我和亮亮一定會被淋成落湯雞。我淋濕了不打緊，若是亮亮淋濕感冒了，以後老婆可能就再也不讓她跟我一起出來探險了。

意想不到的事情發生了，車子由文化路左轉雙十路，雙十路竟然未下雨，因為地面是乾的。很難想像比鄰而接的兩條路，一條路下雨，一條路滴雨未下，好神奇啊！我知道，這是老天在眷顧我們父女倆。

晚餐後，我對亮亮表示，她今天每件事都表現得很好，自己尿尿、吃飯、幫爸爸推輪椅，以及乖乖陪爸爸一起做廣播等。豈料她說：「媽咪不在，我就會變得乖巧，我不會給爸爸添麻煩，因為爸爸行動不方便。」聽得我差點飆淚。

聽過這樣的一句話，人生最大的危險，就是——不去冒險。我很慶幸和女兒有這樣一段冒險歷程，相信這會是我們難以忘懷的回憶。

女兒幼稚園畢業了

那一晚，我們一行人：岳母、淑玲、勻勻、老婆和我，一起去育航幼稚園參加亮亮的畢業典禮。白天天氣晴朗，豈料到了晚上下起雨來，園方只好將原本已佈置好在一樓操場舉辦畢典的地點，臨時改在三樓的禮堂。

約一百多位的畢業生和老師，外加像我們來觀禮的家長們，將禮堂擠得水洩不通、難以動彈。所幸，老師讓輪椅者可以坐在前面的貴賓席，這樣我就無須擔心視線被阻擋住，而看不到女兒精采的表演。

擔任畢業典禮的主持人，可能是主持經驗不足，現場人聲鼎沸，宛如菜市場一般，可是她們毫無掌控的能力。有再多的離愁，面對如此鬧轟轟的場面，大概也很難被觸動吧！話又說回來，像亮亮這樣的小小孩，應該很難體會什麼是「離愁」吧！

亮亮的太陽班，表演的節目是跳舞——「牛仔很忙」，活潑可愛，博得滿堂的喝采。其實，每一班的節目都很吸引人，這就是為什麼有人將小朋友形容為天使，因為他們任何一個動作，舉手投足之間，都是那麼地純真可人。

對我而言，壓軸節目當然是亮亮的畢業生致答詞，她穿了一襲粉紅色的洋裝，不慌不忙又不緊張地站在舞台上，頗有大將之風。

以下就是我為她寫的畢業生致答詞的內容：

園長媽媽、各位老師、各位同學、大家好。我是太陽班的劉亮亮。

兩年的時間過得很快，再過幾天，我們就要畢業，離開育航幼稚園，心裡覺得依依不捨。

記得剛來幼稚園時，我經常大哭，哭到連警衛叔叔都認識我了。現在我已經不哭了，因為這兩年我長大了許多。

上課時，我最喜歡畫畫課，我可以用各種不同的顏色，把我的想像畫出來。放學後，我最喜歡和同學在操場上玩，跑來跑去好快樂啊！如今這些都將變成美好的回憶。

最後，我要代表大家謝謝園長媽媽和老師們，謝謝您們教我們功課，還有教我們成為一個有禮貌的孩子。謝謝大家。

當她致答詞時，口齒清晰，十分流暢，尤其抑揚頓挫的掌握也恰到好處，若一定要挑些毛病的話，只是速度可以再慢一點。基本上，以一個幼稚園的小朋友來論，她的表現可圈可點、值得嘉許。

她平常練習時，從未好好地練習，不是搖來晃去，就是心不在焉的樣子。但正式登台時，她的潛能就發揮出來了，十分認真，令人叫好。原來，她跟老爸一樣，是屬於舞台的。

記得她剛上幼稚園時，經常大哭，哭到連警衛叔叔都認識她了。如今，她即將畢業，又雀屏中選地被老師選為畢業生致答詞代表，如此的落差，叫我們驚喜萬分。能夠陪著孩子長大，這是身為父母最幸福的事情。

這是我參加女兒的第一個畢業典禮，除了畢業典禮，我更期待參加她的結婚典禮。

精子是什麼東西？

有一天，念小一的女兒突然問我：「爸爸，精子是什麼東西？」這句話讓我嚇了一跳，我不解地問她：「妳為什麼知道精子？」她回說，我在演講或是接受媒體訪問時，曾經說過：「難道我坐輪椅，我的精子也坐輪椅，游不動嗎？」哦！原來是這麼回事。

「爸比的精子和媽咪的卵子在一起，就會生出像你一樣的寶寶。」她問得突然，我無法回答，還好在一旁的老婆，勉強擠出這個答案。

「那精子和卵子要怎麼在一起？」她接著問。

「……」這次我真的啞口無言了，只能和一旁的老婆相視而笑。一向自認反應機智、能言善道的我，面對女兒如此的問題，也變得語塞。由此可見，孩子在成長過程中所產生的問題，對於父母的考驗，可說是一個又一個。

孩子，願你成為快樂家

念小一的女兒拿回期末考的試卷給家長簽名，老婆看見英文成績只在及格邊緣，臉色大變，責備說：「怎麼考這麼差，以後不准看電視、玩電腦，乾脆送你到安親班好了。」此時，女兒早已哭成淚人兒了。

我將女兒抱入懷中「惜惜」，並安慰她說：「爸比不是跟你說過，希望你以後成為什麼家？」

她回答：「快樂家。」

我表示，既然要成為快樂家，那就不要再哭，不然就變成愛哭家了。這時候，她的哭泣才緩和下來。

其實，我並非說說而已，我送女兒去學畫畫，並不是希望她成為畫家；讓女兒去學跳舞，也非期待她成為舞蹈家，讓她學習這些才藝，只願她樂在其中，成為快樂家。

老婆也認同我的想法，只是當她看見女兒的成績不如預期時，就完全被成績主宰，變成另一個人似地抓狂。我認為家長要了解孩子的學習狀況，但不要讓孩子感到挫折，同時也要明白，只有肯定與鼓勵，才是孩子進步的動力。

何況現在的小學生，書包愈來愈重，似乎象徵著他們的童年被壓得難以喘息，更加需要家長的支持！

女兒的隨堂測驗

這是就讀小一的亮亮第一次的隨堂測驗。

由於去旅遊的關係，亮亮補考之前未考的隨堂測驗，考完後成績很快的就出來了。數學一百分，國語九十分，我覺得這個成績不錯，並不會為國語沒有滿分而有所遺憾。

亮亮的國語，考的是注音符號，她幾乎都會，只是有幾個注音，她忽略了標出「聲調」，也就是第幾聲。否則，相信成績會更好。

若非大陸之行，我想在隨堂測驗之前，老婆一定會為亮亮溫習功課，考出來的成績會更好。不過，我並不後悔，因為行萬里路勝讀萬卷書。

人生有三大增廣見聞的方式，那就是：讀萬卷書、行萬里路、交萬種友。這三種方式都是重要的，不應該有所偏頗，顧此失彼。

這讓我想起自己讀小學時，學習注音符號的情形。當我讀完小一時，就去台大醫院接受開刀治療，歷經四次刮骨切肉的手術，歷時約兩年。所以我二、三年級未讀，就直接跳升四年級，那時，我在一年級所學的注音符號早已忘得一乾二淨。

有一次，我因生病住在廣慈博愛院的醫療所，那時剛好正逢月考，老師將考卷送到醫療所讓我考試。我記得有一部分試題，是將國字填寫注音，我根本就不會，還是我偷偷地問護士阿姨，她告訴我答案的。

我小一第一次月考的成績，早已不復記憶，但可以確定的是，亮亮注音符號的程度一定勝過我。至於我，是進入廣播界之前，才努力學習，有所成果的。

另一個可以肯定的是，亮亮的爸爸比我的爸爸好，因為亮亮的爸爸，會為她寫日記，記錄她成長的過程，包括她第一次隨堂測驗的情形。相信多年後，亮亮看到這篇文章時，她就會知道爸爸是多麼地愛她，為她所做的一切。

為女兒的頑皮感恩

去學校接女兒放學，偶然瞥見一位腦性麻痺的小朋友，他的媽媽牽著他的手在操場上散步，由於他手腳不協調，走起路來彷彿企鵝一般地搖搖晃晃。

隨後這位小朋友坐上兒童三輪車，只見其他的小朋友騎著三輪車，風馳電掣地穿梭其間，然而這位小朋友卻吃力地騎動著，速度宛如烏龜般地在爬行。

如此的畫面，觸動著我，讓我想起了老婆。老婆常說我們家的女兒亮亮頑皮成性，不像女孩倒像是男孩。亮亮確實比較好動，總是爬上爬下、跑來跑去，一刻都不得閒，除非她的電力耗盡，通常這也是她想要睡覺的時候。

我告訴老婆，小孩子頑皮也沒什麼大不了，否則就不叫做小孩了，一旦小孩不頑皮，可就麻煩了。像亮亮不頑皮的時候，往往都是她生病的時候，此時，老婆就會希望寧願她頑皮一點。

未經思考，許多事情都會被我們視為理所當然，而不懂得去珍惜感恩。像亮亮的四體健全、跑跳自如，我們會認為理所當然，但看了和亮亮年紀相同的這位腦性麻痺小朋友，才恍然所悟，即使女兒很頑皮，仍要為此感恩。

女兒的愛心便當

每週二亮亮上整天課，上到下午四點鐘才放學。這一天不只是亮亮辛苦，老婆也辛苦，因為到了中午時分，老婆必須為她送便當。這也是煞費老婆的心思，她現在愈來愈不知道，這愛心便當裡該帶些什麼東西了。

我建議老婆，下個學期開始，就讓亮亮跟著同學一起吃學校的營養午餐，而不要為她準備便當，如此地送便當，有點給它辛苦。

亮亮是班上唯一一位未吃學校營養午餐，而是由家長送便當的學生。當初老婆就是看了學校的營養午餐，覺得不怎麼好吃，加上亮亮又希望吃老婆煮的飯菜，於是開始了每週二送便當的這件事情。

我們家不常開伙，是以外食為主，但偶爾老婆下廚烹飪，不管煮出任何的東西，亮亮都會讚不絕口，伸出大拇指說超好吃的。或許這樣的緣故，擄獲老婆的心，才讓老婆心甘情願地為她送便當。

不知道如此的「愛心便當」，是否太寵亮亮了。同時，讓她在群體生活中，有與眾不同的「突兀」。但話又說回來，每一個孩子都是父母親的心肝寶貝，在少子化的今天，每一個孩子都是被「疼命命」，愛孩子可以，只要不要溺愛就好了。

但愛與溺愛的分野在哪裡？又有多少的父母分得出來？我相信，愛孩子是每個父母都做得到的，但如何以正確的方法愛孩子，確是我們身為父母的，最需要學習的功課。

只睡十分鐘就好

女兒最大的問題就是不愛睡覺。

為了解決這個問題，我決定親自下海，首先從睡午覺開始做起。我知道如果要女兒一個人去睡，她一定會推說不累、睡不著，於是我想到一個方法，就是請她陪我睡，並且說「只睡十分鐘就好」。

在女兒的認知裡，十分鐘是很短的時間，何況又是陪老爸睡，所以她願意這麼做。結果她一睡就是一、兩個小時，從未睡十分鐘就醒來。有時候甚至睡到叫不起來。就這樣，她不愛睡覺的問題解決了，而且這個方法屢試不爽。

與其說「只睡十分鐘就好」這句話術奏效，不如說是陪伴產生力量。我很慶幸自己的工作是彈性上下班，所以有較多的時間陪伴孩子。有時候當我把孩子哄睡後，會再起身做自己的事情。

現今的社會，許多的爸爸都把大部分的時間花在「賺錢」這件事情上，也許他們認為富裕的物質生活是給孩子最好的禮物，殊不知陪伴才是孩子最需要的禮物，而且有老爸陪伴，能產生神奇的功效，可以讓孩子更有安全感。

別讓哭予取予求

有一天，我親自出馬，帶亮亮去她就讀的國小，參加她不喜歡的課後社團「英語角」。

在出門前，她就開始落淚，在復康巴士上始終悶悶不樂，到了教室門口，仍不斷地啜泣。

在教室外面，亮亮和我們拉鋸了近三十分鐘，當然也哭了三十分鐘，她就是不想上課。

老婆被她磨得氣急敗壞地說要打道回府，反正不上就不上，這只是社團活動，又不是正式課程，但我還是不放棄地與女兒做拉鋸戰，我的想法是，不能讓她用哭來予取予求。

我跟女兒說，當初是她自己選擇的課程，怎麼可以說不要就不要，浪費了我們繳的學費。我告訴女兒，若是她上完之後仍不喜歡，下個星期就可以不必來上課了，好歹總要上過一次，才知道喜不喜歡。就像第一次帶她去吃羊肉，她也是扳著臉拒絕，但吃過一次之後，她就愛上羊肉，還把羊肉形容為人間美味。

她終於願意走進教室，下課後，她走出教室，換成一張破涕為笑的臉。她表示，課堂上她得到四張獎卡，老師說集滿十張就可以換一份小禮物，所以她下星期還要再來上課。我很慶幸，我未被女兒的哭打敗，我的堅持是對的！

「創作小書」的驚嚇

亮亮的寒假作業中有一項叫做「創作小書」，也就是從無到有寫一本圖文並茂的小書。很幸運地，女兒的創作小書榮獲校外競賽的優選獎。

暑假中，我們一家三口前往台北市立圖書館去看女兒的創作小書，並觀摩其他小朋友的創作小書，因為各校的得獎作品都在此展示。

我好奇地翻閱了其他小朋友的作品，看看他們的構思、圖畫，心情也由最初的「驚豔」到最後的「驚嚇」。

驚豔的是，文字簡潔、圖畫生動、內容豐富，簡直就像市面上的童書一樣；驚嚇的是，書裡面缺少童言童語，可見大部分都是出自家長之手。

心中不免升起了一種想法：辛苦這些家長了。

但如此的競賽變得毫無意義，因為不是小朋友跟小朋友比賽，而是家長跟家長比賽，甚至家長跟少數的小朋友比賽。相形之下，女兒的作品就顯得十分的樸素。

常聽許多家長反應，現在學校出的作業不是給小朋友寫，而是給家長寫的，甚至有些試題的難度，連家長都答不出來，遑論是小朋友們。試問這樣有意義嗎？

女兒問我參觀這些創作小書後有什麼感想？我告訴她，她是我心目中最棒的，因為她的小書是出於她的手，而我們只是在一旁陪伴著她完成。自己完成的，才是自己的獲得，能不能學到東西，比獲獎更重要！

為女兒簽名

記得女兒剛開始學自己的名字「劉亮亮」時，寫姓寫到都哭了，她還怪我為什麼要姓這麼多筆畫的「劉」字，若是姓「丁」、「王」，不是好寫得多了。

於是，我想到了一個鼓勵女兒的好方法，我告訴她，只要她把自己的名字寫好，日後我的簽書會將邀請她和我一起來「簽名」。

這個方法果然奏效，讓她有了目標，再也不會嫌自己的名字難寫了。如今我們父女倆聯合辦簽書會，她即使簽再多的書，都不會喊累，且樂在其中。

曾幾何時，我又多了一個簽名的工作，而且幾乎每天都要簽，那就是為讀小一女兒的家庭聯絡簿、考試卷，以及通知單等簽名。

在自己的書上簽名，是一種榮耀；在女兒的家庭聯絡簿上簽名，是一種責任，兩者加起來，就是一種期待。

我希望在書上留下許多的簽名，這代表著我的書有好的銷售量；而我在女兒的家庭聯絡簿上留下的每一個簽名，就代表一天過去，孩子又長大了一些。

今晚臨睡前，我為女兒的家庭聯絡簿、國語習作、考試卷、流感接種通知單等簽名，必須等到這些事情做完，才能安穩地入睡。

開學日

小朋友最不喜歡什麼日？

星期日、國慶日、返校日，都不對。這不是腦筋急轉彎的題目，而是真實心情的反應。答案是「開學日」。

愈接近開學日，小朋友的心情就愈不好，像我們家唸小二的女兒，就以「好煩」來形容她的心情。她在噗浪和一些小朋友對話時，這些小朋友都是異口同聲地心有同感。

我聽親戚說，他的小孩在開學日的前一天晚上，還會大哭。明天就是開學日，今晚就是開學日的前一天晚上，女兒雖不至於大哭，但心情是鬱悶的，不像以往是個追趕跑跳的快樂小雲雀。

台灣的小孩到底出了什麼問題，為何視「上學」為畏途？上學不是可以求知識、學道理，可以認識新朋友，有許多的玩伴等，這些應該都是充滿樂趣的事情，然而他們卻不喜歡上學，如同要去「行刑」一般。

還是台灣的教育出了問題，以致讓小朋友不喜歡上學，如果是這樣的話，那麼這些為台灣教育把關的所謂專家、學者，都應該殺頭，打入第十九層地獄，因為這就是他們口口聲聲的「教育改革」。

不知這是否只有台灣的小孩不愛上學，還是不喜歡上學是世界各國小孩的通病？是台灣的學校出的功課太多，還是考試的壓力太重？我在想，為什麼不能讓學校像是遊樂場，學習像在玩遊戲，相信小孩子就會喜歡上學了。

今晚十點半，我們就強迫女兒上床睡覺了，這也是她寒假以來，最早一次就寢。願她會有好夢，明天會有不一樣的開學日。

我突然覺得「小朋友最不喜歡什麼日」，可以當作腦筋急轉彎的題目，答案就是「開學日」。

女兒當選班長

開學第一天，念小二的女兒放學回家，難掩興奮地告訴我：「爸比，我當班長了。」聽完後，我歡喜不已的比出手勢，且大聲地喊出「YA」。

女兒說：「爸比，我當班長，你怎麼比我還高興？」

我回答：「這代表你有好的人緣啊！」

在我那個年代，班長的產生，大部分是由老師指定的，而且人選多半是功課名列前茅的同學。如今時代變了，改由民主方式的投票來選出幹部，當班長的人，功課未必是最好的，但人際的互動勢必要是最好的。至於那些調皮搗蛋或獨來獨往的人，就不可能獲得選票的支持了。

記得上學期，女兒想當班長，最後的結果讓她十分失落，只當上一個叫做什麼「生活小老師」之類的幹部。我認為這樣很好，讓女兒體會任何事情都不是「心想事成」的；有挫折，才不會讓她變得驕傲。

歷經了半年的等待，如今她從小一上學期的副班長，更上層樓當選小二上學期的班長，如此她才會好好珍惜、好好努力，為他人服務。

女兒當班長，對我們有一個好處，那就是每天早晨要叫她起床上學，若是叫她的名字，都叫不起她時，我們就會改叫：「班長、班長，起床了。你不去上學，班上的秩序就沒人管了。」

這句話充滿了魔法，彷彿唐三藏對付孫悟空的「緊箍咒」，她立刻就會起床，然後上學去。可見她是一個有責任心的孩子，一旦有責任加諸在她身上，她就會盡力地把它做好。

有幾次我到女兒班上的晨光時間，去當愛心爸爸講故事，我看見她站在講台上，拿著粉筆，煞有其事地注視著台下的小朋友，看誰不乖就把誰的名字記在黑板上，那種態勢，威風極了。與平日在家中是個愛撒嬌的女孩，判若兩人。

今日女兒考完了期末考，再過幾天，這個學期即將結束，而女兒「班長」這個角色，也將功成身退地畫上句點。

德國現在幾點

德國，對我是一個陌生、毫無關聯的國家，雖然我曾經帶領一群身心障礙的朋友去旅遊。旅遊前，我只知道德國有個野心勃勃、性好侵略的希特勒，這還是從歷史課本得知的。旅遊後，我吃了德國豬腳，喝了德國啤酒，這些都是德國聞名世界的代表食物。我還搭船遊湖德國的黑森林，然而是什麼地名，早已不復記憶，畢竟那是十多年前的事情了。

十年後，當想想、揚揚等人，踏上德國就學的征途後，突然之間，德國和我有了連接，也和我們整個家族有了感覺。

這幾天，老媽最常問的就是「德國現在幾點」。德國和台灣的時差是六個小時，他們比我們慢六個小時，可是老媽就是算不過來，如同她打了四、五十年的麻將，到現在還是算不過帳來，人家給她多少錢，她就收多少錢。於是，妹妹想了一個好方法，就是買一個新的鬧鐘，把時間調到德國的時間，放在台灣時間的時鐘旁邊，這樣就可以將台灣與德國的時間做一個對照，就像有些大飯店的櫃台牆上一樣，你可以看到許多的時鐘，標示出如紐約、雪梨、東京等各大城市的時間。

如此老媽就可以知道，當我們吃晚餐的時候，是德國吃午餐的時候，當我們吃午餐的時候，是德國早上剛起床，準備吃早餐的時候。她現在就不需要再問我們德國現在是幾點了。

最近，念小二的女兒，突發奇想地自己登入噗浪。她現在已經有想想、揚揚、匀匀等十二個「噗友」。我不知道小二生有多少人會玩噗浪，但可以肯定的是，女兒比我厲害，因為至今我還不會玩噗浪。

看著亮亮和想想、揚揚等人，在噗浪上的對話，突然間有一種錯覺，我不認為他們已經在遙遠的德國，似乎就像在原先的板橋一樣。科技，使得人與人之間天涯若比鄰；人心，使得人與人之間比鄰若天涯。我寧願他們在德國，卻彷彿近在咫尺，而不要近在咫尺，卻有如遠在德國。

沒有離去，就沒有思念；沒有失去，永遠無法體會擁有的可貴。

帶女兒去買禮物

今年的聖誕節，我們一家三口最火紅的就屬女兒亮亮。

聖誕節的晚上，我們將陪她去板橋家，參加家族交換禮物摸彩的聖誕聯歡會；隔天中午，她又要參加親戚的小孩端端的生日聚會。這些活動都少不了禮物，所以我們陪她去玩具反斗城選購禮物。

若非女兒，我可能一輩子都不會來玩具反斗城，來到這裡的次數，我已不復記憶，然而每來一次，就代表女兒又長大了一些；從每一次她選購禮物的不同，代表她又長大了一些。儘管來此這麼多次，但很多時候，女兒是只逛不買，真是難為她了。

琳琅滿目、五顏六色的玩具，讓我的思維走入了時光隧道。我還記得彩虹小馬是她兩到三歲的玩具，醫生工作組合是她四到五歲的玩具，戰鬥陀螺和芭比娃娃是她六到七歲的玩具。年齡不同她喜歡的玩具也不同。

現今，我最大的成就，就是陪著女兒長大，之前得了一些獎，出了幾本書，乃至於有的頭銜和光環，已變得不是那麼重要了。

最後，她選購要送給端端的禮物，是一輛銀灰色的汽車，她當作摸彩的禮物是兩把泡泡劍，據說這種泡泡劍邊揮舞邊會有泡泡冒出來。包裝漂亮的這兩件禮物，現正顯眼地躺在家裡的桌上，亮亮說她好希望聖誕節快點到來。

女兒推我去曬太陽

台北這三天的陽光好誘人啊！

第一天，我去淡江大學演講，只有經過太陽，而未曬到太陽；第二天去台北縣政府主持活動，又錯過了曬太陽的機會。今天沒有任何行程，終於可以好好的曬曬太陽了。

冬天曬太陽，對我如同有人冬天必須吃薑母鴨、羊肉爐、燒酒雞等，方能驅走咄咄逼人的寒氣，尤其在這三天冷氣團來襲之際。難怪早年男歡女愛的情書，經常會以「你是我冬天的太陽，夏天的冰淇淋」，來形容對方的重要性。

是女兒推我去曬太陽的，在家樓下的公園曬太陽。猶記女兒二、三歲時，是站在我輪椅座位的後方，五、六歲時，是和我各坐在輪椅的一邊，如今近八歲的她，已經可以推我去曬太陽了。

進入公園前，有一小段斜坡，我不知道女兒是否推得上去，我想我就在公園的外圍曬太陽好了。然而女兒說要試試看，我覺得她可能推不上去，不過，我還是讓她試了。很神奇的是，她居然推上去了。

有女兒陪著我一起曬太陽，我發覺今天的太陽曬起來，不僅格外溫暖，還嗅出一種幸福的味道。

祕密基地

這是我與這兩個女人約會的「祕密基地」。

說是祕密基地，其實也不是什麼隱密之處，它是位於車水馬龍的中山北路，與人來人往的晶華酒店之間的一片空地。空地中種植了幾棵綠樹，樹旁則是幾張供人休憩的長石椅，經過這裡的人，總是行色匆匆，極少有人會注意到我們的行蹤。或許最危險的地方，就是最安全的地方。

由於我的溝通協調得宜，使得這兩個女人之間的相處，倒也相安無事，不致有令人傷腦筋的爭風吃醋。我們經常是三個人一起行動，有人笑稱我是玩「3P」，小心玩火自焚。我覺得這是一種得之不易的「緣分」，不想輕易放棄，我會玩到我玩不動的時候。

我們通常會選在晚餐之後去祕密基地，以步行的方式，一路上享受晚風徐徐的涼爽，然後抵達目的地。

我最喜歡和這兩個女人玩「親親」的遊戲，不過，我們是輕觸嘴唇的淺嚐即止，比起祕密基地有時會出現年輕男女激烈擁吻的畫面，實在是自嘆弗如。

這兩個女人最喜歡的遊戲，則是跑步、互相追逐，宛若迎著風自地面躍起騰空的飛鳥。我行動不便，只得端坐輪椅之上靜觀其變，或是為她們加油吶喊。其實，我的心也跟著她們飛了起來。

她們並未冷落我，常會以我當作競賽終點的白線，看誰先親到我，誰就是勝利者，好讓我不至於孤單地坐在一旁，也能夠參與其中。

其實這兩個女人，一個是我今生的情人，也就是我的老婆；一個是我前世的情人，也就是我三歲的女兒（據說女兒是爸爸上輩子的情人）。而祕密基地的這段時光，是我們一家三口最美好的一段親子時間。

結婚紀念日 親親慶祝

我們夫妻剛度過結婚十四週年的日子。十四年，剛好是兩個「七年之癢」，當初沒癢，現在更應該不會癢了。

記得有一年，我們結婚紀念日，在家附近的飯店請家人吃飯慶祝，還訂了一個包廂。然而那是幾週年已不復記憶，老婆說是十週年，可能只有去查過往日記，方能得知正確的答案。

結婚紀念日的這一天，我們都沒有計畫做任何的慶祝活動，可能是老婆為了省錢吧？倒是這一天，在我主動的要求下，老婆才勉為其難願意讓我親她十四下。我認為這一天該有別於其他的日子，做些慶祝活動或紀念儀式。

結婚愈久，老婆變得愈不浪漫，她總認為老夫老妻了，幹嘛還玩這種年輕人的浪漫遊戲。有一句話說得好：不是因為我們老了而不去旅行，而是因為我們不去旅行，使自己變老了。這句話也可以做如此的延伸：不是因為我們老了而無法浪漫，而是因為我們無法浪漫，而使自己變老了。

這一天上午，我先親了老婆四下，晚上又親了她五下，其餘的五下，我留給就讀小一的女兒親，我想讓她也參與這個特別的日子，讓她知道我們夫妻，也就是她的老爸老媽，是恩愛的。

在結婚十四週年的這一天，我們沒有以任何浪漫的方式慶祝，而是我們一家三口以「親親」很平實幸福地過完這一天。若是要選擇的話，我覺得恩愛比浪漫更重要，因為恩愛可以讓婚姻生活持續地走下去。

一〇〇年的圓滿

假日的馬偕醫院大廳，顯得冷冷清清的，偶爾會看到幾位探病的人，行色匆匆的走過。

有一對應該有七、八十歲的老夫婦，老太太端坐輪椅之上，鼻子上插著鼻胃管，一旁的老先生坐在椅子上，握著老太太的手，唱著日本歌曲給老太太聽，只見老太太時而閉目，時而睜開眼睛。

晚上，老婆推我去馬偕醫院探望洗腎的岳母，經過大廳時，聽到有歌聲傳來，我好奇地尋找著歌聲的來源，歌聲是來自好幾排供人休憩座椅的地方，讓我瞥見了如此的畫面。

老婆表示，之前她在同樣的地點，就看到這對老夫婦。老婆推著我，在距離老夫婦不遠處，駐足觀看。凝望著這一對老夫婦，不離不棄，終老相伴，我的眼眶布滿了淚水。

如此寒流過境的夜晚，在昏暗的燈光下，這一對老夫婦的子女在哪裡？他們可有親人？或許有人會覺得這一幕的景象淒涼，然而我卻被這溫馨的畫面打動。

我對老婆說，以後我們老了，我也會像那位老先生一樣，唱歌給妳聽。於是，我就開始哼起了歌……老婆回了我一句話：「你神經啊！」

中華民國一〇〇年，一〇〇代表著圓滿。在一〇〇年開始的第一天，我十分慶幸地從這一對老夫婦的身上看見了圓滿。突然感覺寒流不那麼冷了，身體開始有了回溫。

國家圖書館出版品預行編目資料

從殘童到富爸/劉銘著.
— 初版 — 臺北市：經典雜誌，慈濟傳播人文志業基金會，2011.7
312面；15*21公分
ISBN：978-986-6292-07-1（平裝）
855　　　　100011368

從殘童到富爸

作　　者／劉　銘
繪　　圖／劉亮亮
發 行 人／王端正
總 編 輯／王志宏
責任編輯／朱致賢
美術指導／邱金俊
美術編輯／蔡雅君
校　　對／何瑞昭（志工）
出 版 者／經典雜誌
　　　　　財團法人慈濟傳播人文志業基金會
地　　址／台北市北投區立德路2號
電　　話／02-28989991
劃撥帳號／19924552
戶　　名／經典雜誌
製版印刷／禹利電子分色有限公司
經 銷 商／聯合發行股份有限公司
地　　址／台北縣新店市寶橋路235巷6弄6號2樓
電　　話／02-29178022
出版日期／2011年7月初版
　　　　　2023年5月再版一刷
定　　價／新台幣340元

ISBN 978-986-6292-07-1（平裝）
Printed in Taiwan

【經典】
HUMANITY
【人文】